中公文庫

カルトからの大脱出

鯨 統 一 郎

中央公論新社

カルトからの大脱出

人間は自己の一部を神として崇拝し、そのため残りの部分を
悪魔扱いすることが必要なのである。

（ニーチェ『人間的、あまりに人間的』より）

1

村《むら》野《の》あすかは自分がどうして呼ばれたのか判《わか》らなかった。

（しかも学校の制服を着たまま法務室に）

村野あすかは場違いな半袖のセーラー服を気にしながら三階への階段を昇った。法務室には幹部の六人以外は入室が許されない。

（それなのに……）

三階に着いて法務室の前で立ち止まったあすかは深呼吸をするとドアをノックした。

「入れ」

男性の声がドアの外まで響いてくる。十五平米ほどの長方形の部屋に入ると長テーブルに着いている幹部たちが一斉にあすかを見た。

部屋には窓がなく天井に埋めこまれた小さなＬＥＤ電灯があるだけなので薄暗く感じる。向かって左側に女性、男性、男性が坐《すわ》り、右側に女性三人が坐っている。

男性二人はグレーのスラックスに白い半袖ワイシャツ。女性四人は膝上十五センチ程の白いミニのワンピースを着用している。

「どうして村野さんが？」

　右側の末席に坐る伊能《いのう》エマが大きな声をあげる。伊能エマは十八歳。幹部の中で最年少だ。痩せてヒョロリとした印象の女性だが目には強い光が宿っている。

「私が呼んだのだ」

　あすかの正面に坐る法衣《ほうえ》のような白い衣装に身を包んだ五十代半ばと思《おぼ》しき男性が答えた。

「ファザー。どうして彼女を呼んだのですか……。法務室には幹部以外は入れない決まりです」

　スラックスに白いワイシャツ姿の男……近壮太郎《こんそうたろう》が発言する。背が高くガッシリとした体つきだ。髪を短く刈り四角い顔は縦に長い。

「村野あすかを聖母に任命する」

　あすかは唖然《あぜん》とした。

「ついに聖母が決定した。聖母は村野あすか。お前だ」

「わたしが……聖母？」

「どうしてですか！」

　伊能エマが叫ぶように尋ねた。

「村野あすか。二十日後の八月十七日水曜日、お前が十八歳の誕生日を迎えると同時に、お前は正式に聖母となり受胎《じゅたい》の活動に入る」

あすかはゴクリと唾を飲みこんだ。

「二十日後、そのための盛大な儀式を執り行う。その儀式を聖母大典と名づけよう」

「聖母大典……」

「村野あすか。覚悟はできているか？　聖母になる覚悟……教団の跡継ぎを産む覚悟は？」

あすかは蒼《あお》ざめた顔で頷《うなず》いた。

2

〈グリンヴィバレッジ〉が主催した笹本尚幸《ささもとなおゆき》の講演会が終わりに近づいている。

七月二十八日。銀座駅近くの中光ビル内にあるイベントスペース〈グリンホール〉は空席が目立つ。

笹本尚幸は五十三歳。城南《じょうなん》大学院人文科学研究科准教授にして心理学者である。身長は百六十センチほどだろうか。演台から、かろうじて顔が見えている状態だ。小太りで顔が丸く前髪は眉毛辺りまで無造作に垂らしている。黒縁眼鏡《めがね》の奥の目は細く小さい。講演会だというのに着古したような撚《よ》れたスーツを着ている。

「最近では〈NRG〉すなわち〈新しい神のルール〉が信者の親たちとトラブルを起こし始めていますので注視が必要だと思っています。この教団は親子の縁を切る事を教義としています」

やや甲高《かんだか》い声でそう締めくくると笹本は頭を下げた。会場に疎《まば》らな拍手が起こる。

村野好美《よしみ》は拍手もそこそこに立ちあがった。

「行くわよ、車谷《くるまたに》君」

村野好美は四十二歳になるが年齢よりもかなり若く見える。身長は一五八センチと女性の平均ほどだが明るい雰囲気のせいかよく目立つ。整った顔立ちでパッチリとした目が印象的だ。血色の良い唇は普段からよく動く。その顔立ちに肩先まで伸びた栗色《くりいろ》の髪が似合っている。クリーム色のミニのスーツが〝戦闘服〟だ。大きめのショルダーバッグにはタブレットやファイルノートなど営業グッズ一式が詰まっている。

「どこに行くんですか？」

村野好美の呼びかけに車谷厚志《あつし》は坐ったまま問い返す。

「決まってるでしょ。笹本先生と名刺交換するのよ。何のために講演会に来たと思っているのよ」

車谷は丸い目をさらにパチクリとさせる。

車谷厚志は好美の会社の同僚だ。三十五歳と年齢は違うが入社は好美と同じ年度だった。身長は好美とさして変わらない。男性としては平均よりもかなり低いだろう。長四角のゴツゴツとした顔に天然パーマの短めの髪が乗っている。

村野好美と車谷厚志は〈コスモ生命保険〉新宿第一支店の営業代理店……すなわち営業マンであり営業ウーマンだ。〈コスモ生命保険〉と同じ企業グループである五葉グループに属する〈グリンヴィバレッジ〉が主催する講演会の入場券が新宿第一支店に二枚配布される事になり村野好美と車谷厚志の二名が希望した。

「そういえば村野さん、前も学者の講演会で名刺交換して、そのまま契約まで行ったって言ってましたね」

「そうよ。講演会には三つの得があるの。一つ、教養が身につく。二つ、気分転換になる。三つ、営業のチャンスが生まれる。判ったら行きましょう。今は先生は控え室にいるはずよ」

好美は歩きだした。控え室に着くと迷わずにドアをノックする。中から男性の〝はい〟という返事が聞こえると好美は「失礼します」と言いながらドアを開けた。

中は十畳間ほどの広さのフロアリングの部屋でテーブルがあり六人が椅子に坐っていた。

中央に小太りの中年男性——笹本尚幸が坐っている。黒縁眼鏡の奥の小さな目がショボショボと瞬《まばた》きを繰り返して好美を見ている。

「笹本先生、講演、感激しました！」

好美が、いきなり大きな声で挨拶をした。

「カルト教団に入信してしまう人たちの心理が腑《ふ》に落ちました」

〝カルト〟は対象となる集団が悪《あ》しき集団であることを明確にするために用いられる通称だ。反社会的な団体であり犯罪行為を犯すような邪悪な集団であると世間一般の共通認識になっているような団体に用いられる。

本来は〝カルト〟は〝儀礼〟〝祭祀《さいし》〟などを表す否定的な意味を持たない語であったが一九二〇年頃、アメリカにおいて主要な伝統宗教に属さない宗教を指して用いられ始め一九三〇年代には保守的なキリスト教聖職者が異端と見なしたキリスト教系団体を指すようになり否定的な意味が定着していった。

それらのことを今日の講演で好美はメモにとって学んだ。

「それはどうも」

笹本は表情を変えずに応えた。

「みんな心に満たされない思いを抱いているんですよね。それが、つけこまれる隙になる」

「誰ですか？　あなたたちは」

笹本の隣に坐る中年の男性が詰問するように二人に訊《き》く。

「コスモ生命保険新宿第一支店の村野です」

好美は間髪を入れずに応えるとサッと名刺を出して笹本に差しだした。笹本は好美の勢いに押されるように名刺を受けとる。

「お名刺をいただけますか？」

笹本は小さく「あ」と声を発して胸ポケットに手を入れた。

「君」

中年の男性が好美と笹本の間に割って入ろうとする。その寸前に好美は笹本の手から奪いとるように名刺を受けとった。

「ありがとうございます。笹本先生は生命保険には、もうご加入済みですか？」

「どうだったかな」

「君、ここで営業活動は失礼だぞ」

「いえ。先生のご講義に感銘を受けまして。ぜひ笹本先生とお近づきになりたいと思ったんです」

「帰りなさい」

男は好美を押し戻すように躯《からだ》を寄せてくる。

「笹本先生。ぜひ調べてみてください。ご自分が生命保険に入っているかどうか」

好美はドアの外に押し戻された。車谷も慌てて好美の後を追い部屋から出て振りむき、お辞儀をしたところでドアが閉まった。車谷はしばらくお辞儀をしたまま動かない。

「行くわよ」

好美の声にようやく車谷は躯を起こした。

「村野さん、大丈夫なんですか？　あんな強引に営業活動をして」

「名刺交換しただけじゃない。営業員として当然の行為よ」

「ポジティブですね」

「じゃなきゃ営業の世界で、やってゆけないわ。今は保険もネットの時代だし生身の営業員は、これぐらいやらないと」

車谷は大股で歩く好美に必死でついてゆく。ビルを出たところに料理宅配業者のバイクがエンジンをかけたまま停《と》まっている。街に灯《あか》りが点《とも》る時刻だが昼の猛暑を吸収したアスファルトからは、熱気が立ちのぼってくる。

「エンジンかけっぱなしでバイクを離れる言語道断のライダーをたまに見かけるわね」

「良くないですよね。車でもありますよ」

「そうね。あたしも前はバイクに乗ってたけどルールやマナーはきちんと守っていたわ」

「へえ。村野さん、バイクに乗ってたんですか」

「そう。安全運転第一だったけどね」

「今の突進営業を見てるとバイクも飛ばしそうに思えるけど」

「逆ね。高速では飛ばしたけど、それはルール上、許されてるから。つまり基本に忠実。営業だってそう。ルール上、許されてる限りは強引に行くけど、それ以上は駄目。無理に商品を勧めないで基本に忠実に」

「基本というと……」

「まず雑談をして、お客様と、うちとけた雰囲気になる。次に商品の利点を説明する。それから、この商品を買うことがお客様にとって、いかにいい事かを判らせてあげる。別の言いかたをすれば夢を見させる。この商品を買ったら、どんないい生活が待っているか。イメージさせるの。あたしはね、絶対にお願いはしない事にしてるの」

「お願いをしないとは？」

「〝買ってください〟ってお願いすること」

「駄目なんですか？」

「駄目ね。それで売れるかもしれないけど、いい契約とは言えないわ。お願いするって事は本当はいい商品だと思ってなくても〝私のために買ってください〟って言ってるようなものでしょ。そんなやりかたは良くないわ。相手が自分から〝欲しい〟〝買おう〟って思ってくれるまで待つのよ。雑談でもしながら」

「雑談でいいんですか？」

「むしろその方がいいのよ。商品の事をずっと喋《しゃべ》ってたら相手だってうんざりよ」

「勉強になります。村野さんはそうやって営業哲学を育みながら、お嬢さんも……あすかちゃんでしたっけ……女手一つで育てて偉いもんですね」

好美の顔が曇った。

（このところ、あすかの様子がおかしい）

話しかけても心ここにあらずという感じで返事をしない事がある。反抗期なのだろうかとも思うがよく判らない。

（でも大丈夫。一時的なもの。そうよね？　大介《だいすけ》さん）

好美は十五年前に不慮の事故で夫の大介を亡くしている。

（あすかは、まだ三歳だった）

当時の好美は中堅スーパーマーケットの本社に勤めていた。

（思いだすな、あの頃のあすか）

あれはまだ夫が生きていたとき……。

仕事で出張があり好美は家を二日間、空けなくてはいけなくなった。あすかが生まれてから家を空けるのは初めての事だったから、あすかを置いての出張は不安だったが仕事ならば仕方がない。

好美は義母に来てもらい義母と夫の二人掛かりであすかの面倒を見てもらう事にした。

あすかは二日間、夫と義母と楽しく時を過ごしたが三日目の夜、好美が帰ってくると堪えきれなくなったのか玄関で、まだ靴も脱いでいない好美に泣きながら抱きついた。

（我慢してたのよね。パパとお祖母《ばあ》ちゃんには元気な顔を見せていても）

　そんなあすかの気持ちが痛いほど判った。

（あの時に誓ったんだわ。一生、あすかを守るって）

　好美は懐かしく思いだした。

「それも、お嬢さんが、まだちっちゃい頃からですもんね」

「娘は、あたしにとって、いちばん大事だもの。それを守るのは当たり前でしょ」

「強いですね」

「強くなくちゃ生きてゆけない。躯だって鍛えてるわよ。前はジムに通ってたしボルダリングにも行ってた」

「ボルダリングって室内でするロッククライミングみたいなやつですか」

「そうね。今はお金が勿体《もったい》ないからジムにもボルダリングにも行ってないけど、その代わり毎朝ジョギングしてるの」

「すごいですね」

「ビルに入ったらエレベーターやエスカレーターを使わないで階段を上ってるし家に帰ったら水を入れた一・五リットルのペットボトルをダンベル代わりにして腕も鍛えてるわ」

「尊敬します。何事にもポジティブだし。美人だし」

「え？」

「あ、いえ。何でもありません」

好美は少し笑った。

「僕もポジティブにいきます」

車谷が行く手を塞ぐように好美の前に出た。

「食事をしてゆきませんか？　せっかく銀座まで出てきたんですから。帰りもそんなに遅くならないと思いますし」

好美は立ち止まって車谷の顔をマジマジと見た。

「誘ってくれてありがとう。でも悪いけど今日は早く帰ってテレビを観るのよ。間に合うかどうか」

「ええ？　録画予約してこなかったんですか？」

「ええ。硲《こだま》京《きょう》太《た》郎《ろう》のテレビ出演なの」

「硲京太郎？」

「売出し中のマジシャンよ。〝不可能を可能にするのがマジシャンです〟……。硲京太郎の決めゼリフ」

「不可能を可能に……。そう言えばマジシャンからも契約を取ったって言ってましたね」

「たまたま入ったテナントビルに、その人の事務所があったのよ。おもしろそうだから飛びこみで営業をかけたら」

「契約まで漕《こ》ぎつけたってわけですか」

「そう。その人が出世するかどうかの大事なテレビ出演よ。リアルタイムで観て感想をすぐにラインで伝えたいのよ」

「ラインの交換もしてるんですか」

「してるわ。大事な顧客だもの。笹本先生だってラインの交換までいければいいと思ってるわ」

「貪欲ですね」

「やれる事をやってるだけよ。じゃあね。今月は販促キャンペーンだからがんばって」

好美は地下鉄の階段を下りていった。

*

練馬区《ねりまく》富士見台《ふじみだい》の住宅街に建つ築十三年の三階建て集合住宅の階段をリズミカルに三階まで上ると好美はバッグから鍵を取りだしてドアを開けた。

元気な声で「ただいま」を言うと低いパンプスを乱暴に脱いで家にあがる。着替えもせずにリビングに入りリモコンを手にしてテレビに向ける。画面にバラエティ番組のスタジオ風景が映しだされる。ＭＣのタレントが黒いタキシード姿の硲京太郎を紹介している。

「間に合ったぁ」

ＭＣはマジシャンたちを次々に紹介している。

「あすか、来て。硲京太郎が出るわよ。おかあさんのお客さん」

返事はない。時刻は午後七時を過ぎている。

「あすか？　夕飯は食べたの？」

好美の帰りが遅くなれば自分で食べる子だ。好美は立ちあがってキッチンを見に行く。

だが、あすかが食事をした形跡はないようだ。

（変ね。まだ帰ってないのかしら？）

最近は午後四時には帰宅するはずだ。部活があれば午後七時を過ぎる事もあったが、すでに三年生の部活は終了している。

（それとも部に顔を出しているのかしら？）

あすかは三年間、新体操部に所属して熱心に部活動に励んだ。

好美は玄関に向かってあすかの靴を確認する。あすかの通学用の靴はなかった。

（やっぱり帰ってないんだわ）

好美は落ちつかない気持ちでテレビの前に戻った。

知らないマジシャンが演技をしている。まだ京太郎の出番ではないようだ。

ボンヤリとテレビ画面を眺めているうちに午後八時になった。あすかはまだ帰らない。スマホで連絡を取ってみたが返事がないし既読にもならない。

（いったいどうしたの？　学校に電話してみようかしら）

そう思いつくと矢も盾もたまらず担任教師の連絡用のスマホに電話を入れた。

——モシモシ。村野あすかの母親です。今日、あすかは……。

——学校には来ていませんが……。

若い男性教師のノンビリとした声が好美の頭の中で響く。

（どういうこと？）

好美は混乱したまま電話を切る。

（通学途中で事故に遭った？）

でも……。

（だとしたら学校か自宅に連絡が来ているはずよ。通学鞄《かばん》の中には生徒手帳もスマホも入っているんだから）

なんとか気持ちを落ちつかせようとする。

好美はあすかの部屋のドアを開けた。ベッドと洋服ダンスと本棚と机があるだけだ。

（いつもと変わらないわ。机の上も整理されてるし本棚だっていつも通り……）

本棚の最下段に数冊の本が後ろ向きに並べられているのが目についた。

（どうして後ろ向きなのかしら？）

好美はその中の一冊を手に取る。タイトルは『親子の縁を断ち切れ』。

（何これ？）

著者は高泉《たかいずみ》　劉幻《りゅうげん》とある。

（聞いたことのない著者だわ）

パラパラとめくってみる。〈新しい神のルール〉という新興宗教の教えを説いた本のようだ。

（〈新しい神のルール〉って……）

今日の笹本尚幸の講演会で〝問題がある〟と指摘された新興宗教団体ではなかったか？

（あすかがどうしてこんな本を……）

胸の鼓動が激しくなる。

好美はもう一冊、後ろ向きに置かれている本を手に取った。タイトルは『〈新しい神のルール〉の教え』。著者はやはり高泉劉幻。他の後ろ向きの本を確認すると、すべて〈新しい神のルール〉に関する本だった。

（あすかは〈新しい神のルール〉に入れこんでいたの？）

血の気が引いた。スマホを確認する。まだ、あすかからの連絡はない。

（あすかの友だちに訊いてみよう）

三人の友だちの名前が思い浮かぶが連絡先が判らない。

（あすかの机の引出にアドレス帳があるかもしれない）

普段はあすかの引出など勝手に開けないことを決めている好美だったが、そんなことを言っている場合ではない。

いちばん上の引出を開けようとしたが鍵がかかっていて開けられない。他のいくつかの引出を開けたが連絡先が判るようなアドレス帳、メモ帳の類は見つからない。代わりに引出のものらしき鍵があったので、それを使うと鍵のかかっている引出は開いた。中に書類が入っているのが見えた。

（これは……）

夫が亡くなった時に好美が遺産相続手続きのために取り寄せた戸籍謄本《こせきとうほん》だった。

3

ワイシャツ姿の羽田野《はたの》範之《のりゆき》はデスクに坐って新聞を切り抜いていた。

銀座裏通りにある雑居ビルの一室である。五十平米程の室内には羽田野範之の他に数人の男女がいて、それぞれデスクに就いて作業をしている。

「いつまでも切り抜きなんかやってんじゃねえ」

通りがかった〈週刊ワード〉編集長の星野仙夢《ほしのせんむ》が声をかける。

ライトブルーのスーツを着た星野仙夢は四十代後半だが体質なのか長年の深酒のせいなのか頭髪は七割方白髪である。その豊かな波打つような白髪をオールバックにしているのでライオンの鬣《たてがみ》のように見える。背も高く体格も良いが、このところ腹に肉がつきすぎている。

「仕事ですよ」

三十代半ばにさしかかった羽田野範之が応える。羽田野も星野仙夢と同じほどの長身だが痩せている。顔も目も細めだ。

「仕事じゃなくて趣味だって言ってなかったか？　新聞の切り抜きは」

「趣味を仕事に活《い》かしてるんですよ。ユーチューブを観るのも新聞の切り抜きも趣味ですが、どちらも仕事に活かしてます」

「だがそれは社の新聞だろう。勝手に切り抜いて」

「切り抜くのは一週間前の新聞です。どうせ捨てるんだから有効活用した方がいいでしょう」

「役に立つのか？　そんな古い記事が」

「役に立つんですよ。時間が経《た》って世間の関心が薄れてきた記事の中に掘りだしものが……」

「どうした？」

「この名前……」

羽田野が示したのは切り抜いた後の本体の記事だった。

「捨てる方の新聞じゃねえか」

「見てください」

星野は羽田野が示した記事に目を落とす。

「一週間前の電車の飛びこみ自殺の記事か」

「ええ。死亡者の名前」

「園山《そのやま》暁《あきら》、二十四歳……。この男がどうかしたか？」

「十日ぐらい前に、うちにタレコミ電話をかけてきた男です」

「どんなタレコミだ？」

「〈ＮＲＧ〉に関してです」

「〈ＮＲＧ〉……〈新しい神のルール〉か」

「ええ。〈ＮＲＧ〉に関して重要なことを話したいって」

「で、その男に会ったのか？」

「いえ。電話が突然切れちゃって、それっきりです」

「イタズラか」

「その時はそう思ったんですよ。〝お名前は？〟って訊いて〝ソノヤマアキラ〟って答えたところで切れて、それっきり。大事な話だったら、またかかってくるだろうって思って放っておいて現在に至る」

「着信記録は残ってないのか？」

「公衆電話からでしたね。メールの記録も残ってません。先方がコンタクトを取ってきたのは電話だけです」

「それじゃあ聞き間違いかもしれないだろう。ソノダアキラと名乗ったのを〝園山暁〟という新聞記事を見た途端に頭の中で〝ソノヤマアキラ〟に変換されたのかもしれねえぞ」

「かもしれません。でも調べてみる価値はあると思います」

「いま我が社も忙しい時なんだよ」

記者総出で女性アイドルユニット〈愛人形《アイ・ドール》〉の解散ツアーに密着取材を敢行している。

「経営難の我が社は、このキャンペーンに社運を賭けている」

「判っていますけど、せめて自殺した園山暁が〈ＮＲＧ〉の関係者かどうかだけでも調べさせてください。そうだったら、うちに電話してきたソノヤマアキラと同一人物だった可能性が出てきますから」

「同一人物だったら、どうだって言うんだ？」

「〈NRG〉の重大な秘密を打ち明けると言った直後に自殺ですよ？」

「自殺じゃないと言いたいのか？」

「そうだったらスクープになるなと」

星野は渋っている。

「十日でいいです。それで確証が摑《つか》めなかったら諦めます」

星野は忙しさとジャーナリストとしての姿勢を天秤《てんびん》にかけて考えたのか「いいだろう」と応えた。

「ありがとうございます」

「ただし十日は長すぎる。せいぜい五日だ」

「判りました」

羽田野は園山暁の死亡記事を切り抜き始めた。

4

村野あすかは好美の実の子ではない。

夫・大介の連れ子だった。子連れの大介と結婚して、これから夫婦と一人娘の三人で人生を歩んでゆこうとした矢先、大介が事故で命を落としてしまった。それ以来、好美は女手一つであすかを育ててきた。

大介が事故死してしばらくすると大介の生命保険や幾ばくかの貯金を相続するためなどの事務処理に追われた。その際に区役所に何度も足を運び戸籍や住民票などの書類を入手した。

（その戸籍をあすかは見つけたんだわ）

そして好美と血の繋《つな》がりがないことを知ってしまった。

（もしかしたら、その事を知ってショックを受けて新興宗教に走ったの？）

判らない。判らないがその可能性はあると思った。

（どうしてもっと早く言えなかったんだろう）

いつか言おうと思いながら言いだす機会が見つからず、いつの間にかあすかは高校三年生になっていた。

（あすかが成人したら言おう）

最近、そう心に決めたばかりだ。成人年齢が二十歳から十八歳に引き下げられ二十日後の誕生日であすかは成人する。

（その時に……）

自分とあすかの関係をきちんと話すつもりだった。

（間に合わなかった……。いえ今からでもきちんと話さなければ）

好美はもう一度、あすかの担任教師に電話をかけて事情を話し、あすかと親しかった生徒の連絡先を聞きだそうとした。最初は個人情報だからと断られたが好美は事情を説明して食いさがり、あすかの友人から好美に連絡を入れてもらう事で話をつけた。

三十分ほどすると染谷《そめや》莉子《りこ》という、あすかと同じ新体操部に所属する生徒から電話があった。その生徒はあすかの行き先に心当たりはないと言ったが〝小島《こじま》さんなら何か知っているかもしれない〟と教えてくれた。小島歌緒理《かおり》はあすかのクラスメートで最近、急激にあすかと親しくなったからと。

好美は小島歌緒理の電話番号を聞きだすと礼を言って通話を切り、すぐに小島に電話をする。

――もしもし。小島歌緒理さん？

――そうですけど……。誰ですか？

――村野あすかの母親です。小島さん、あすかの居場所を知らない？　家を出たきり学校にも行ってないんでしょ？　どこにいるか心当たりはない？　あなた、あすかと親しかったのよね？　教えてちょうだい。

――〈ＮＲＧ〉の本部だと思います。

〈NRG〉は〝NEW　RULE　OF　GOD〟すなわち〈新しい神のルール〉の略称である。

（やっぱり）

あすかの失踪は〈新しい神のルール〉と関係があるようだ。

――小島さん。あなた〈NRG〉を知ってるの？

――もちろんです。

――あすかは〈NRG〉に入信してるの？

――そうです。うちが誘ったんです。

――あなたがあすかを〈NRG〉に誘った？

――はい。そしたら村野さん、聖母に選ばれちゃって……。もうビックリです。

様々な思いが頭の中をグルグルと駆けめぐって言葉が出てこない。

（この子に聞きたいことが山ほどある。でも今はあすかの居場所を知ることが第一）

好美は息を吸いこんで呼吸を整える。

——あすかは〈NRG〉の本部にいるのね？

——聖母に選ばれたからには、そこにいると思います。

——聖母って何？

——〈NRG〉の次の教祖を産む役目を担う人です。

——次の教祖を産むって……。馬鹿なことを言わないで。

——馬鹿な事じゃありません。素晴らしいことです。あすかは現代のマリアです。


小島歌緒理の言葉の一つ一つが信じられなかった。膝がガクガクと震えてきて立っていられない。

（どうしてこんな事になってしまったの？）

考えても判らなかった。


——あすかは〈NRG〉の本部から何時ごろ帰ってくるの？

——もう帰らないと思います。聖母になるからには本部で暮らすと思います。

——嘘《うそ》でしょ。


ありえない。昨日まで普通に暮らしていた。それが……。

（とつぜん家を出ていって、もう帰ってこないだなんて）
しかもあすかは次の教祖となるべき子供を産もうとしている。
（おぞましい）
好美の軀がブルッと震えた。
——そんな大事な事をあたしに言わないなんて。
——親には言えない事になってるんです。
——え？
——親子の縁を切ることが教義ですから入信したことは親には言えないんです。
——あなたもご両親には言ってないの？
——言ってません。
——ねえ小島さん。今度ゆっくりお話を聞かせてくれる？
——はい。
好美は通話を切った。
（とにかく調べなければ）
ネットで〈ＮＲＧ〉について調べ始めた。

一心不乱に調べ続けて夜中の一時を過ぎた頃に好美は次のような〈NRG〉に関する基本的情報を頭に入れた。

〈NRG〉の正式名称は〈新しい神のルール〉。

仏教、神道、キリスト教、イスラム教を統合した新宗教という触れこみである。

教祖は高泉劉幻という男性。

教団の根本となる教義は〝親子の縁を切ること〟。なぜ親子の縁を切るかというと、すべての人間の苦しみ（悩み、つらさ、不安）の元は親子関係に執着する、しがらみに因を発しているから。

（あすかはこの教えに感化されたのね）

この教義を実行する事によって信者は苦しみ（悩み、つらさ、不安）から解放されるとする。

苦しみから解放された信者は〈ハレの世界〉で暮らす事ができる。〈ハレの世界〉とは信者になると視《み》えてくる苦しみのない世界の事だ。

信者以外のすべての人間は〈ケガレの世界〉で暮らしている事になる。〈ケガレの世界〉とは苦しみに満ちている世界の事だ。

ケガレの最たるものは親とのしがらみだ。親とのしがらみを絶つ事ができればケガレは浄化されハレとなる。

親自体がケガレなのではなく〝親とのしがらみ〟がケガレなのだ。

親子関係は無意味と〈ＮＲＧ〉は説く。この世に父は神だけだと。そして神の子を産むに相応《ふさわ》しい母がいずれ出現すると高泉劉幻はその著書で予言していた。

（その母……聖母にあすかが選ばれた……）

〈ＮＲＧ〉は親子のしがらみというケガレと並ぶ大きなケガレに金銭とのしがらみを挙げる。金銭とのしがらみ……すなわち金への執着を捨てればケガレが浄化されハレとなる。ケガレである金は教団に布施として収められ信者のケガレも金そのものであるケガレも浄化される。

それらの〝真理〟を教祖である高泉劉幻は神からの啓示によって得た。

神とは宇宙そのもの、宇宙が持つ無限大のエナジーすなわち宇宙エナジーであるという真理も悟った。

（馬鹿らしい）

好美はそう思った。

（神の啓示だなんて）

また教団は究極の目標に〝世界平和〟を掲げる。

〈ＮＲＧ〉の信者となり救済される人が増え、やがて人類全員が救済されれば世界平和は実現するという名目のもと信者たちは勧誘に力を入れている。信者たちから集められ浄化された金もそのために使われるとしている。

現在の信者数は約二万人。

信仰対象は宇宙の別名である〝神〟だ。〈ＮＲＧ〉の本尊は宇宙すなわち神を表す高さ五メートルの星形のオブジェ〝オクトホン〟で本部に設置されている。

信者たちは〝神は宇宙なのだから決まった形はない〟という意味とされる〝神は視えない〟というマントラを唱えて自身の浄化を計る。仏教の読経《どきょう》に当たる行為だ。

（神は視えない……。いかがわしいマントラだわ）

高泉劉幻の年齢、出身地など個人情報は非公開。

本部は埼玉県の丘陵地帯にあり本部会館は〝天堂《てんどう》〟と呼ばれている。天堂では上級信者と認められた四十人ほどの信者が居住し共同生活を送っている。その中でも特に高泉劉幻を含めた上位の者六名が〝六聖人《ろくせいじん》〟と呼ばれて教団を取り仕切っている。

高泉劉幻はしばしば奇跡を演じて見せていた。手を触れずに物を動かし重大事件を予言する……。

それらの霊能力の中で高泉劉幻の代名詞とも言える能力が〝透視〟だった。高泉は信者の過去を透視し悩みを言い当てた。

（でも問題のある教団よ）

自分の子供が教団に奴隷的拘束をされているとして訴えている親が数人いる事も判った。

また〈NRG〉は一旦入信するとなかなか脱会が許されず結婚も教団に拘束されるとして自由の侵害を訴える者もいる。

さらに信者は教団にグッズ購入などで多額の金を支払っているとして返金を求めている親族も存在する。そのグッズなども霊感商法による販売だと指摘されている。だが好美にとって何よりも切実な問題は高泉劉幻の若い女性に対する執着だった。

（異常性癖……）

好美にはそう思えた。

ある情報によれば〈NRG〉の最上位幹部である六聖人の中には四人の若い女性がいて、いずれも実質的に高泉の愛人にされているらしい。

（その内の一人にあすかが加わるなんて）

絶対に阻止しなければならない。

好美は机の上の置き時計を見た。いつの間にか朝の六時を過ぎていた。

朝食を用意して食べた。トーストがうまく喉を通らないがオレンジジュースで無理やり流しこむ。

（直接、本部に行ってみるしかないわね）

好美は会社に電話をして今日、休む旨を伝えた。

5

粟津原高史《あわづはらたかし》はエアコンの効いた自宅のキッチンで夕飯用の鮭《さけ》を焼いている。部屋着は甚兵衛《じんべえ》だ。

粟津原高史は七十二歳になる。星城《せいじょう》大学客員教授の職に就きながら物理学者として講演をしたり新聞、雑誌、テレビ、ラジオなどからコメントを求められる事もある。

電子音がした。冷凍してあった白米の解凍が終わったのだ。鮭も焼けたようだ。納豆をパックのまま混ぜて食事を始める。食後のコーヒーを楽しみたいのでビールは、まだ飲まない。

テレビを点《つ》ける。今日はプロ野球中継がないのでテレビガイドを開いて日本映画専門チャンネルを選ぶ。喜多嶋舞《きたじままい》が出ると思って『探偵・喜多嶋翔子《きたじましょうこ》の調査報告書』を選んだのだが室井滋《むろいしげる》が出ていた。粟津原はそのまま見続けた。

（このところ講演の依頼がほとんどない）

テレビの画面を見るともなしに見ながら粟津原はそのことを考えていた。

粟津原の講演内容は超能力の嘘を暴くテーマがほとんどだ。粟津原が若き研究者だった頃に超能力ブームが起こりテレビでそれらの超能力を見せられるたびに憤慨したものだ。

（あんなものはインチキだ）

霊能者と称する人物が対象者の過去を言い当てたり写りの悪い写真を心霊写真と偽り相談者を怖がらせていた。

（写真を分析すれば霊に見えたものは木の影やレンズに付着したゴミあるいは光である事がすぐに判るのに）

テレビ局はそれらを検証する事もなく自称霊能者の言葉をそのまま垂れ流していた……。

勝手に鳴りだすラジオ、呼びかける霊の声……。

物理学者の粟津原の目から見れば、いずれも物理的に説明がつく事象ばかりだった。そのことを世間に知らしめようと粟津原は積極的に超能力を糾弾する講演をしテレビにも出た。歯《は》に衣着《きぬき》せぬ粟津原の物言いはテレビ受けが良く、やがてテレビの出演料が粟津原の主たる収入源になっていった。講演をすれば聴講者は深く頷きテレビに出れば視聴者からの好意的な反応が届く。

（だが、それだけだ）

反応は一時的なものに過ぎない。粟津原の講演やテレビ出演などなかったかのように人々は相変わらず自称霊能者に騙《だま》され続けている。粟津原は虚《むな》しさを覚えた。

（いや、虚しさに気づいたと言うべきか）

若い頃は物理学者として業績を挙げてノーベル賞を獲《と》ろうと野望に燃えていたが周囲の

化け物のような天才たちを見るにつけ〝自分には無理だ〟と悟った。

（そのとき心の片隅に〝虚しさ〟は芽生えていたのかもしれない）

その虚しさを打ち消すように粟津原は超能力のまやかしを暴くサイトを立ちあげ、それが一部で話題になるとマスコミに呼ばれるようになった。粟津原は水を得た魚のように啓《けい》蒙《もう》活動を続けた。だが……。

（あの時からテレビ出演のオファーがパタッと途絶えた）

ある番組で粟津原は新興宗教団体として知名度を上げていた〈新しい神のルール〉の教祖が行う霊能力を名指しで批判した。その後、テレビ出演のオファーが潮が引くようになくなっていったのだ。

（今回もそうだ）

いつもは講演で特定の教団を名指しはしないでやってきたが前回の講演で〈新しい神のルール〉を名指しで批判した。テレビを干された恨みを晴らしたいという昔年《せきねん》の思いもあった。だが今回もそれ以降、講演の依頼がパタリと止まったのだ。

（どこで嗅ぎつけたのか）

粟津原は〈新しい神のルール〉の執拗《しつよう》さに恐怖を感じた。テレビ出演がなくなって減った収入はさらに激減した。

（カルト教団の欺瞞《ぎまん》を暴いたつもりが返り討ちに遭うとは情けない）

飛ぶ鳥を落とす勢いだと自負していた自分の勢いが急激に弱まったことを粟津原は感じた。

(妻にも愛想を尽かされた)

離婚したのはテレビで〈新しい神のルール〉の欺瞞を言い立ててから二年後……五十八歳の時だ。些細《ささい》なことで妻と言い争いになることが続き、いつの間にか修正の利かない状態に陥っていた。

妻から離婚を切りだされて粟津原はうろたえた。抵抗し、やり直しを訴えたが妻の決意は揺るがなかった。最後には粟津原も承諾した。

一人娘は妻と行動を共にすると言うので粟津原名義で購入したマンションを妻名義に書き換え自分が家を出た。粟津原は今は渋谷の古い小さな賃貸マンションで一人暮らしをしている。

(今の収入減がこのまま続けばどうなるか)

年金はもらっているが介護施設に入居し続けている高齢の母親にかかる金額が負担になっている。

(何とか巻き返しをしないと大変な事になる。一発逆転の話が舞いこんでこないものか)

そんな虚しい思いが胸に兆《きざ》す。

(私は人の役に立つ事をした事があるのだろうか)

食事を終えコーヒーを淹《い》れたところで粟津原は、ふとそんな感慨に囚《とら》われた。

啓蒙活動と称してマスコミにも登場したが今となってはそれも自分に合った仕事とは思えなかった。

（私はいったい何に向いていたのだろうか？）

咄嗟《とっさ》に答えが浮かんでこない。

（営業に向いている人もいる）

粟津原の脳裏に浮かんだのはコスモ生命の営業員、村野好美の顔だった。

以前、講演の終了後に保険の営業をしてきて契約にまで漕ぎつけた営業員……。それ以来、何かと保険の相談に乗ってもらい懇意にしている。

（村野さんは営業に向いている）

だが……。

（考えてみると村野さんには一度も〝保険に入ってください〟とお願いされた事はなかったな）

雑談をしているうちに自然に保険の契約をしていた。

（不思議なことだ）

粟津原はコーヒーを飲み終えるとビールを取りに立ちあがった。

6

〈ＮＲＧ〉の本部は埼玉県南西部の町にある。

白い半袖ブラウスとグレーのスカート姿の好美は電車に坐っている。窓の外には長閑《のどか》な田園風景が広がっている。

（この辺りに見込み客がいたはずだわ）

企業への職域営業を行った際に強い興味を示して見込み客となった男性の自宅住所がこの辺りだったのだ。

（だけど今はそんな事を考えている時じゃない。〈ＮＲＧ〉本部に出向いて、あすかに会わせてくれるように頼むのだから）

それが筋だと好美は考えていた。

電車を一時間以上乗り継いで目的の駅に着いた。電車を降り改札を抜けると蟬《せみ》の鳴き声が押しよせる。蟬の声の隙間をつくように上空から人工的な音も聞こえる。見上げると飛行機が大きく見える。近くに航空自衛隊の入間《いるま》基地があるので自衛隊の航空機だろう。

（この駅に、あすかも降りたのね）

胸が圧迫されるような緊張感に襲われるが立ちつくすわけにはいかない。好美はバッグから地図を出した。

（こっちね）

強い日差しの中を歩きだす。駅前には小さなロータリーがあり線路に平行に伸びた大きめの道と線路に垂直に伸びる細い道がある。好美は車一台が辛うじて通れるほどの細い道を進んだ。山に向かう坂道である。汗がジットリとブラウスに滲《し》みる。

（本部は思ったよりも田舎《いなか》にあるのね）

多くの信者を抱えている教団の本部がある割には人の姿があまり見えない。山道は時に下りになり上下にうねりながら高度を上げてゆく。

背後から車が走ってくる気配がする。好美は脇に寄った。その横を軽自動車が通り過ぎた。登り道から下りになる箇所で車は一瞬、宙に浮き大きな音を立てて着地後そのまま走りすぎた。車が着地した振動で周囲の家々が揺れたような気がした。

しばらく歩くと足の負荷が軽くなった。坂道が終わり道が平坦《へいたん》になったのだ。

目の前にコンクリートの壁に覆われた白い大きな建物が見える。三階建てで四角い窓が定間隔に設置されている。正面には鉄扉があり好美を拒むように閉ざされている。

鉄扉の右隣には通用門らしき扉があり、その横にブザーが見える。好美は通用門まで歩を進める。壁の上部には防犯カメラが多数、設置されている。

深呼吸をしてブザーを押す。応対した若い女性の声に〝村野あすかに面会に来ました〟

と告げる。

――村野あすか様とは、どういうご関係ですか？

――母親です。

――村野あすかさんは、こちらにはいません。

――だったらせめて、どこにいるかだけでも教えてください。

――判りません。居場所なら私どもよりもお母様の方が知っているべきではありませんか？

好美は二の句が継げなかった。何かを言おうとした時プツリと音がして通話が切れた。インターフォンに向かって〝モシモシ！〟と声を張りあげるが応答はない。応答スイッチを切られたようだ。

好美は呆然《ぼうぜん》と立ちつくした。扉は閉ざされている。塀がやけに高く見える。

エンジン音が聞こえた。何も考えられず好美は立ち続ける。背後に車が迫っている気配がする。好美は振りむいた。大きな黒い車が向かってくる。鉄扉が開き車は玄関脇のガレージ内に停まった。中から三人の男性と二人の女性が降りたつ。銀色に近いスーツを着た一人の男性に見覚えがあった。頭髪の半分ほどは白髪ではないだろうか。豊かな量の髪を整髪料でオールバックにして固めている。大きな顔の中には強い光を放つ目、鷲鼻《わしばな》、厚い唇が収まっている。

（高泉劉幻！）

間違いない。ネットで散々検索した顔だ。好美は鉄扉を抜けて思わず高泉劉幻に向かって駆けだしていた。

気づいた男女が振りむく。だが高泉は振りむかずガレージの奥の扉に向かっている。

「娘を返してください！」

好美は叫んだ。高泉の足が止まる。高泉を守るように男二人が高泉の前に立ちはだかる。女性二人が好美に向かって走り好美を取り押さえた。

「あすかを返して！」

高泉がゆっくりと振りむく。好美は女性に押さえつけられながらもう一度叫ぶ。

「あすかを返しなさい！」

高泉は応えずに、また後ろを向いて奥の扉に向かった。ドアが自動で開く。

「待ちなさい！」

「これ以上しつこくすると警察を呼びますよ」

高泉はすでにドアの向こうに消えた。男たちもドアから建物内に入る。女性二人も好美から離れるとドアに向かった。

女性二人が建物内に入りドアが閉まろうとした時あすかの姿が見えた。セーラー服姿のあすかが白いブラウスと黒いミニスカート姿の女性二人と歩いている。

「あすか！」

好美は思わず叫んだ。あすかが好美に顔を向けた。あすかの口元が開きかける。

ドアが閉まる。

「待って！」

好美の声を遮断するようにドアは閉ざされた。建物のドアの前に設置されているガレージのシャッターも閉まりつつある。好美はガレージに向かって走った。目の前でシャッターが下りた。

「開けて！」

好美はガレージのシャッターを叩《たた》き続けた。シャッターは音を響かせるだけで開く気配はない。好美は正面玄関に回ってブザーを押した。だが応える気配はなかった。

好美は巨大な白い建物の前で立ちつくした。

7

星野が出先から戻ると羽田野がリュックを持って星野のデスクまでやってくる。

「何か判ったのか？」

煙草《たばこ》に火を点けると星野は羽田野に訊いた。

「いろいろと」

星野の乱雑なデスクの上の灰皿は煙草の吸殻で一杯になったままだ。

「やっぱり自殺した園山暁は〈ＮＲＧ〉の信者でしたよ」

「ほう」

「園山は高校三年の時に〈ＮＲＧ〉に入信していますが〈ＮＲＧ〉がネット上に公開している信者名簿には園山の名前はありません。削除されてたんですよ。元々は載ってたんです。園山暁の両親に確認しました」

「園山の両親に会ったのか」

「ええ。両親から〝息子は〈ＮＲＧ〉の信者だった〟という証言も取れましたし当時の〈ＮＲＧ〉の紙の名簿のコピーも入手しました。そこに園山暁の名前が載ってました。それをネット上では削除してるのも怪しい」

「死んだから削除したんじゃないのか？」

「ところが〈ＮＲＧ〉は亡くなった信者もそのままネット上の名簿に載せています。それと」

羽田野は長さが二十五センチほどの白い封筒から折りたたまれた数枚の書類を取りだし

た。

「名刺のコピーに住民票です。名刺には〝イーグルリサーチ　園山暁〟とあります。この〈イーグルリサーチ〉は〈ＮＲＧ〉の下部組織ですよ」

「確かか？」

「間違いありません。社長の近壮太郎ってやつが〈ＮＲＧ〉の幹部ですから」

星野は頷くと「社名からすると探偵社か？」と訊いた。

「そうです。ところが妙な会社で。社員が社長含めて二人しかいないんです。もう一人も〈ＮＲＧ〉の幹部で蓼科一花《たてしないちか》という女です」

「二人いれば上等だろう。一人でやってる探偵社だってざらだ。園山が亡くなる前は三人いたわけだろう？」

「ところがですね」

羽田野はリュックの外ポケットから麦茶のペットボトルを摑みだして一口飲む。

「この二人、タワマンに住んでるんですよ。ウォーターフロントのポーラタワーって五十五階建てマンションです。分譲で価格は八千万円程」

「〈イーグルリサーチ〉ってのは、そんなに儲《もう》かってるのか？」

「まさか。実態なんかない会社です。会社を訪ねたんですが二回行って二回とも留守。三回目にやっと社長の近壮太郎に会えました」

「お前こそ探偵の才能があるぞ」

「そりゃどうも」

「で、その近って社長にいきなり切りこんだのか？　園山のことを」

「いえ。ダミーで浮気調査を依頼したんです」

「お前は独身だろう」

「星野さんに頼まれたって事にして」

「お前なあ」

「安心してください。断られましたから。紹介のない依頼は受けつけていないそうです」

「妙だな」

「でしょう？　考えたんですけどね」

羽田野はまた麦茶を飲むと一旦、ペットボトルの蓋を閉める。

「〈ＮＲＧ〉は傘下の探偵事務所の社員に高級マンションを買い与えているって事実があります。問題は、そこまでして〈イーグルリサーチ〉の社員を優遇する理由です」

「よっぽどの事があるわけだ」

羽田野は頷くと「簡単に言えば裏の仕事……って事でしょうね」と続けた。

「裏の仕事の具体的な内容は？」

「そこまでは判りません。〈ＮＲＧ〉と敵対関係にある人物の調査とか」

「調査だったら探偵事務所としては表の仕事の部類だろう。労力もタワマンを与えられるほどの仕事とは思えねえ」

「実態は、もっとヤバイ仕事でしょうね。そのことに園山は気づいてしまった。そして内部告発しようとしてうちに電話してきた。メールで詳細を告発しようとする前に記事にしてくれそうかどうか電話で確認するつもりだったのかもしれません」

羽田野は以前に〈週刊ワード〉にかかってきた園山からの電話のことを言っている。

「〈ＮＲＧ〉は園山の内部告発を阻止しようとして……」

羽田野は手刀で自分の首を切る仕種《しぐさ》をした。

「それがお前の考えたストーリーか」

「辻褄《つじつま》は合うかと」

「だが、すべてお前の推測だ。証拠は何一つない」

「それを、これから調べるんですよ」

「そこまで行くと警察の仕事だ」

「警察は園山の死を自殺だと断定しています。だから我々ジャーナリストが動くんです」

羽田野は広げた資料を自分のリュックにしまった。

「徹底的にやりますよ」

羽田野は星野の返事を待たずに踵《きびす》を返してドアに向かう。

「羽田野」

羽田野は振りむいた。星野は短くなった煙草を灰皿で押しつぶす。

「期限は五日だって事を忘れるな。会社総出でキャンペーンに取りかからなけりゃ社が潰れる。社が潰れたらスクープどころじゃなくなるんだ」

「判っています」

羽田野は部屋から出ていった。

8

天堂と呼ばれる〈新しい神のルール〉本部会館の三階に教祖である高泉劉幻の部屋があり、その隣に村野あすかの寝室が用意されている。

あすかはベッドの隣に置かれた机の前に坐りボンヤリと机の上の鏡を見ていた。セーラー服姿の自分が映っている。学校に行く用意だけして、そのまま家を出てきてしまったから私服は持っていないのだ。

（ついに家を出てしまった）

そのことに後悔はない。

（ファザーのお導きだもの）

ファザーの言葉に間違いはない。そうは思うが家を出ることを決めてからは不安で一杯だった。今まで当たり前に自分の家として住んでいた家を出るのだ。しかも母親に家を出る事を告げずに家出のように教団本部に来てしまった。

（でも仕方がない。話して判ってくれるわけがない。だって、おかあさんはわたしの事を……）

ファザーが言った言葉が頭に甦《よみがえ》る。

――あすかの母親はお前の事を疎《うと》ましく思っている。

その言葉を聞いたときには胸が塞がれる思いがした。

（でも思い当たる事が多すぎる）

ノックの音がした。

「入っていい？」

青《あお》木《き》冴《さえ》子《こ》の声だとすぐに判った。〝どうぞ〟と返事をするとドアが開き膝上十五センチ程の白いミニのワンピースを着た青木冴子が部屋に入ってきた。本堂内における幹部女性の制服だった。続いて三十代らしき女性信者がワゴンを押して入ってくる。こちらは白いブラウスに黒のミニスカートを穿《は》いている。幹部女性以外の制服である。

「ケーキでも食べましょう」

ワゴンの上には二人分のケーキと紅茶が乗っている。

ケーキは誕生日以外の日には食べた事がない。おやつとして食べるのは初めてだ。テーブルにケーキと紅茶を置くと女性信者は部屋を出ていった。

二人きりになって向かいあわせに坐ると青木冴子は笑みを浮かべた。青木冴子は〈NRG〉の六聖人にして本部事務長も務めている。

あすかは初めて青木冴子を見た時〝シャム猫のような女性だ〟という印象を持った。小さな顔は輪郭がスッキリとしていて目もパッチリとしている。飛びきりの美人である事は間違いない。

「制服を作って……外出着も買わなくちゃいけないわ。わたしのスマホで今度一緒に探しましょう」

「はい」

聖母大典が終わるまでは外出禁止で自分のスマホを持つことも禁止となっている。

「不安でしょう？」

ケーキを食べ始めると青木冴子が訊いた。あすかはコクリと頷く。

（しまった）

ファザーと結ばれる事を不安に思うなどと言ったらいけないのではないか？

「わたしも入信したときは不安だった」

「そうなんですか？」

「親と縁を切ったんだもの。でも正解だった。ここに来たら本当の家族が待っていた」

あすかの胸が温かくなる。

「わたしはここに来る前は安らぎなんか感じた事はなかった」

いつも涼しげな顔をしている青木冴子の告白をあすかは意外に思った。

「シングルマザーの家に育って……貧しかったわ。貧しさを見透かされたせいか激しい虐《いじ》めを受けて……。同じ学校の男子生徒たちが、わたしの家に石を投げるの」

「石を？」

「そう。わたしの家は川っぺりの木造一軒家だった。築五十年以上は経ってるボロ屋よ。狭くて……家賃が安かったの。その家に男子が石を投げて……家中のすべての窓ガラスを割られたわ」

「ひどい」

「夏には夜中に学校のプールに落とされて死にそうになったわ。やったのは家に石を投げた連中よ。そいつらに落とされて浮かびあがろうとすると顔を押さえつけられて……。あんなに苦しかった事はないわ」

「みんな犯罪じゃないですか」

「そうよ。でもその時は警察に言おうなんて考えは思いつかなかった。地獄のような日々に耐えるだけだった」

あすかは絶句した。綺麗《きれい》な青木冴子からは想像もつかない悲惨な過去だった。

「それを救ってくれたのがファザーなの。まるで夢を見ているようだった。ファザーはわたしの過去をまるで当時のビデオを見たかのようにズバズバと言い当てた。魔法よね。この人についてゆけば救われると確信できたわ」

「そして救われた」

青木冴子は頷く。

「わたしは過去の柵《しがらみ》をすべて断ち切った。だからケガレのないハレの世界の住人になれて苦しみから解放された。あなたも親を断ち切ったでしょう？」

「はい。ファザーのお陰です。ファザーが親の本当の気持ちを教えてくれました」

あすかは母親に愛される事を望んでいた。だが心の奥底に忘れられない蟠《わだかま》りを抱えていた。幼い日……。まだ幼稚園のころ……。

——あすかなんか嫌いよ。

母親にそう言われたのだ。そのことが常に頭の片隅にあった。そのことをファザーはハッキリと意識の表層に浮きあがらせてくれたのだ。

「村野さんの決意を聞いて安心したわ」

「青木さん、わたしのためにわざわざ部屋まで来てくれたんですか？」

「ええ。あなたは教団にとって大事な人だから」

「ありがとうございます」

「そんなに恐縮しないで。ケーキを食べましょう」

あすかは心の不安が取り除かれてゆく気がしていた。

9

〈NRG〉本部で門前払いを食らった好美は家に戻った。

(あすかは自分が母親の実の子じゃないと知ったショックでカルト教団に入れこんで家を、あたしを捨てる決意をした……)

あすかが好美の実の子ではないと言いそびれていたことが悔やまれてならない。

(誕生日に言うつもりでいた。今さら言い訳にしかならないけど……。実の子じゃないことに加えて母親がそれを黙っていた事がショックに輪をかけたのかもしれない)

そうに違いないと好美は思った。

ひとり胸を痛めていたあすかがかわいそうでならなかった。

このところあすかとは親子関係がギクシャクしていた。それは主に勉強に関して好美があすかに厳しく当たることが原因だった。

（あすかのためを思って厳しく言っていたけれど……）

そのことが原因で生活全般に関して母子の間がギクシャクしてしまっていたのだ。母親に対して反抗的な態度を取るあすかに好美も冷たい態度で接することが多くなっていた。

（どうしてあんな態度を取ってしまったんだろう）

それを実の子ではないから冷たくされたと思われたらやりきれない。

（ごめんね、あすか）

帰路では幼い頃のあすかの事がしきりに思いだされた。あすかは何にでものめりこむ子で大好きだった人形遊びにものめりこんでいた。保育園の頃から大事にしていたジェニー人形はまだ捨ててはいない。

（あすかを絶対に取り戻す）

二十日後、あすかの誕生日には、あすかは受胎の儀を行う事になる。そう思うと気がおかしくなりそうだった。

（なんとかしないと）

とにかく高泉劉幻に会わなければ始まらない。会って、あすかの前で高泉のまやかしを暴く……。それであすかの目を醒《さ》ます。そうは思うが、どうやって会う機会を作るか。本部に出向いても門前払いだった。

（本部以外の場所は……）

　書籍やネットで〈ＮＲＧ〉の情報は大量に仕入れたつもりだったが高泉の具体的な行動は把握していない。二十日後に聖母大典という儀式が本部で行われ、そこであすかが正式に聖母になるという事は判ったが、それ以前の行動は皆目、判らなかった。

（神波会《しんばかい》に行ってみようか）

　〝神波会〟とは高泉劉幻の講演などが行われる不定期の教団の会合だが実質的には〈ＮＲＧ〉が催す集金用のイベントだと理解している。

　好美は〈ＮＲＧ〉のサイトで〝予定〟の欄を探しだす。該当箇所を開くと次の文字が並んでいた。

――神波会　中野《なかの》神波堂

　中野区にある〈ＮＲＧ〉支部で次の神波会が催されるようだ。日時を確認すると、明日だった。

（とにかく行ってみよう。そこにあすかがいなくても高泉劉幻の欺瞞を暴けばあすかにも

伝わるかもしれない。そのためには、もっと下調べしなくちゃ）

好美は再び検索を始めた。

10

本部会館三階の第三教祖室のアームチェアに坐った高泉劉幻は溜息《ためいき》をついた。

「村野あすかを聖母に選んだ事に対して菊原光希《きくはらみつき》から説明を求められた」

「存じています」

部屋には高泉の他には教祖のおつきの者……雑用係を務める昼間繁治《ひるましげはる》しかいない。白髪の出始めた短い髪は無造作で服装も地味な男だ。太い柄の黒縁眼鏡をかけている。

昼間は、あくまでおつきの者で聖人には数えられていないが二人は互いに信頼を寄せあい何でも話しあえる間柄だった。

「光希の目は恨みに燃えていた」

「無理もありません」

六聖人のうち女性四人は実質的にファザーの愛人であり聖母の座をめぐって争っていた。それが突然入信した高校生に聖母の座を奪われてしまったのだ。

「文句は言わせない。聖母を決めるのは私だ」

「その通りです」

「聖母を自由に選べる。これも私が絶大な力を手に入れたからだと満足しているよ。莫大《ばくだい》な金を手に入れ若く美しい女を自由にする……。私の頭脳と能力があってこそ成し遂げられた偉業だ」

「様々な職業を転々としていたとお聞きしています」

「そうだ。だが宗教には早くから目をつけていた。〝俺なら信者を集められる〟という自信はあった。様々な職業を経験する内にその自信は確信に変わったよ」

もともと人を騙す事にかけては自信があったから、その力を信者集めに使えると思っていたのだ。

「そして行動に移した」

最初は教団運営のノウハウを学ぶために東京都北西部の町に本拠を置く〈虚《うつ》ろ舟《ぶね》〉という小さな新興教団に入った。高泉と昼間はその頃からのつきあいである。

やがて自分が教団を運営する自信を得ると〈虚ろ舟〉を教団ごと乗っ取った。〈虚ろ舟〉は幹部と体制を一新して名称を〈新しい神のルール〉と変更した。

〈虚ろ舟〉は〈新しい神のルール〉という全く新たな教団へと信者だけを引き継いで生まれ変わったのだ。

最初は〝霊能力〟を謳《うた》って信者を集めていたが〈新しい神のルール〉の信者数が飛躍的

に伸びたのは新しい教義を〝発見〟してからだった。

〈新しい神のルール〉の最初の信者となった女性は親からの暴力、虐待に苦しみ〈新しい神のルール〉に救いを求めた。

「その女性には親子の縁を切るようにというアドバイスを与えた」

親子関係に縛られたままでは入信しようかどうか迷っている女性を〈新しい神のルール〉に引きこむ事は難しいと考えたからだった。また自分自身も親には恨みがあり、その腹いせに〝親と縁を切れ〟という言葉が浮かんだのかもしれない。

次に入信した信者も親子の葛藤を抱えていた。暴力を振るわれていたわけではないが精神的に支配され親に束縛されていた。その支配、束縛の苦しみから逃れるために〈新しい神のルール〉に縋《すが》った。

「その者にも最初の相談者と同じように親子の縁を切れというアドバイスを与えた。親の束縛から逃れない限り入信は難しいと判断したからな。親子の縁を切って入信した二人は晴れ晴れとした顔になったよ。その時に〝これだ〟と思った。親子の縁を切る。これを教団の教義にしようとな」

「それが当たりました」

「そうだ。親子の縁を切って苦しみから逃れようとしている者たちが教団に集まりだした。そこから、さらに教義の質を高めていった」

親子の縁を切って入信した者たちが憑《つ》き物《もの》が落ちたように晴れ晴れとした顔をする事から民俗学のハレとケの概念を連想して、この概念から連想したケガレをも教団の教義に取りいれた。曰《いわ》く入信していない者たちはケガレの世界に住んでいる。入信すればハレの世界に暮らす事ができると。

これも集金のための方便だった。信者の親の金を汚れた金と規定し、それを教団に貢がせる事を思いついた。無論、親には内密にである。それが親のため——親のケガレをなくしてあげる——とも説いて貢がせやすさを高める事も忘れなかった。

このシステムによって〈新しい神のルール〉は信者と資金を飛躍的に伸ばしていった。

これらの教義を神からの啓示によって得たと偽り高泉劉幻の神秘性を高めた。

親子関係の苦しみを訴えた最初の信者とは現在、教祖に次ぐ教団ナンバー2の座に就いている菊原光希であり、親子関係の苦しみを訴えた二番目の信者は現在、教団ナンバー3の近壮太郎である。

（俺が考えだしたデッチアゲの教義を信者どもはよく信じこむものだ）

笑いがこみあげてくる。

（だが……）

布教活動で〝ケガレである親子の縁を切りハレの世界に入れ〟と説いているうちに自分でも〈新しい神のルール〉の教義が、この世の絶対真理のような気持ちになってきた。

（もちろん錯覚だと判っている。だが宗教などそんなものではないだろうか？）

すべて錯覚の産物なのだ。

「無神論者でも神社に行けば賽銭箱《さいせんばこ》に小銭を入れ鈴を鳴らして頭を下げて願い事をする。本気でその神社の神が願い事を聞いてくれると信じているわけではない。ただ、なんとなくそうしているだけだ。神社に対して非礼を働けば罰《ばち》が当たる……。そんな漠然とした気持ちでな」

「教団の教義も同じ事だと？」

「平たく言えばそういう事だ。根拠などないが、なんとなく、それが正しいような気がしてくる」

「ファザーにそう教えられました。自信を持って信者に説けばいいと」

「子供の頃に法要で聞いた僧侶の説法を思いだしてな」

――人は死んだら七日目に不動明王《ふどうみょうおう》に会い生前の殺生《せっしょう》について調べられる。二十七日目には釈迦如来《しゃかにょらい》によって生前の盗みについて調べられる。三十七日目には文殊菩薩《もんじゅぼさつ》によって不貞を、四十七日目には普賢《ふげん》菩薩によって生前についた嘘を、五十七日目には地蔵《じぞう》菩薩、六十七日目には弥勒《みろく》菩薩、七十七日目には薬師如来に会って輪廻《りんね》転生の決断を下される……。

実際にそんな事が行われているわけがないではないか。

「〝講釈師　見てきたような嘘を言い〟という川柳《せんりゅう》があるが、まさに僧侶も同じだと、その時に思ったよ」

七日目に不動明王に生前の殺生について調べられた者などいるわけがない。誰かが二十七日目に釈迦如来、三十七日目に文殊菩薩に会ったところを見た人もいない。

（すべて僧侶の戯《ふざ》けた作り話だ）

そもそもキリスト教圏、イスラム教圏などの世界の人々には関係のない話だ。だが僧侶は自信たっぷりに、それがただの作り話などとは微塵《みじん》も疑っていないかのように話していた。法事の列席者はみなありがたがって僧侶の話を聞いていた。

「あれでいいんだ。その時〝俺は人を騙せる〟と思ったよ」

そして人を騙すことによって成りたつ仕事にも就いて、その才能と技術はさらに磨きがかけられた。

（その集大成が今の私だ）

名前も変えた。

（今は莫大な富と信者たちを意のままに動かしている。若く美しい女の軀も堪能した）

菊原光希、青木冴子、蓼科一花、伊能エマ……。

（そして新たな若い肉体……それも至高の肉体を手に入れたのだ）

それが村野あすかだった。

ノックの音がした。

「失礼します」

天堂内の男性信者の制服であるグレーのスラックスと白いシャツの男が入ってきた。

近壮太郎だ。〈新しい神のルール〉ナンバー3幹部にして高泉劉幻のボディーガードかつ外部組織〈イーグルリサーチ〉の社長も兼ねている。近壮太郎が高泉劉幻の側にいない時には菊原光希がボディーガードを務める。

「お呼びでしょうか」

「光希との話しあいに同席してくれ」

「話しあい？」

「村野あすかを聖母に選んだことについて説明を求められているのだ」

近は一瞬、間を取ってから「わかりました」と答えた。

「失礼します」

声の後にドアが開き目が大きく眼光鋭い女性が入ってきた。教団ナンバー2幹部、菊原光希である。

「どうして村野あすかが〝聖母〟なんですか」

菊原光希が睨《にら》むような目つきで言う。

「神の啓示だ」

ファザーは神の啓示すなわち宇宙の意志を感じとることができると信じる信者にとって神や宇宙という言葉はそれだけで説明不要の威力を持っていた。

「だけど……」

光希はなおも食いさがる。

「聖母ならファミリーに候補はいくらでもいました」

「村野あすかもファミリーだよ」

「若すぎます」

「だからいいのだ」

高泉の顔が紅潮する。

「聖母となるためには容姿も重要だ。美とは何か判るか？」

「機能性です」

ファザーの思想に接する機会が多い菊原光希が即答する。

「その通り。たとえば新幹線の流線型の車両を見て人は美しいと思う。なぜか？」

「機能的だからです」

「そうだ。新幹線は最も速く走れるように設計されている。そして考え得る限り安全に。

その結果があの形なのだ。美しいものは機能的だ。いや機能的なものを人は美しいと感じるようになった」

「なぜそう感じるようになったのですか？」

「生物が生きていく上で必要なことだからだ。敵から逃げるため、あるいは獲物を狩るために速く動けること。敵や獲物を見つける視力。敵や獲物との距離を正確に弾《はじ》きだす両目の間隔。腐った食べ物を嗅ぎ分ける嗅覚に最適な鼻の形。最も速く食べる事ができて、いつでもやめることができる唇の形……。それらの集大成が美しい顔なのだ」

　言葉に熱が籠もる。

「つまり美形は優秀な子孫を残す可能性が高い容姿なのだよ。いや優秀な子孫を残す可能性が高い容姿を人は美しいと感じるようになった。だから人は美形に魅力を感じる」

「だけど……。美しい女性は幹部にも揃っています」

「お前を筆頭にな」

　その自負は光希本人にもあるようだ。

「だが先ほども言ったように若さが重要なのだ」

「わたしは十代の頃からファザーに仕えています」

「その頃はまだ時期ではなかったのだ」

　菊原光希は、その大きな目と強い眼光とは裏腹に視力が弱くコンタクトを嵌《は》めている。

（私の子を産む女性は、すべてにおいて完璧な軀を持っていなければならない。視力においても）

〈ＮＲＧ〉の女性幹部は光希の他に三人いた。

〈ＮＲＧ〉ナンバー５幹部にして外部組織〈イーグルリサーチ〉社員である三十二歳の蓼科一花。蓼科一花は頭も良く身体能力も高い。だが一花の母親は難産の末に一花を産むと、そのまま亡くなった。

（私の子を産めるような軀ではない）

そう判断して一花を聖母には選ばなかったのだ。

十八歳にして〈ＮＲＧ〉ナンバー６幹部に抜擢《ばってき》された伊能エマは若く潑剌《はつらつ》とした軀にクリクリとよく動く大きな目を持っている。明るい性格も高評価だ。その資質のせいか新規信者も多数、勧誘している。

（何より完璧なボディは群を抜いている）

だが……。

（頭脳優秀でなければならないという聖母の条件を伊能エマは満たしていない）

伊能エマは名も知れぬ高校を中退して〈ＮＲＧ〉に入団している。

（その点、村野あすかはすべてが完璧だ）

若く顔も美形でボディラインも完璧。頭脳も優秀。身体能力も高い。

「今がその時期なのですか？」

「そうだ」

光希はしばらく間を取ってから「わかりました」と応えた。

「以上だ」

光希と近は頭を下げると部屋を出ていった。

11

三日が過ぎてもショックは消えなかった。

勝負を懸けたバラエティ番組で硲京太郎は手が震えマジックを失敗してしまったのだ。

パジャマから部屋着に着替えた硲京太郎はトースターでパンを焼くとバター入りマーガリンを塗りハムとスライスチーズとレタスを数切れ挟んで簡単なサンドイッチを作って食べ始めた。

テレビで朝のワイドショーを観る。ステージでのトークの話題になりそうなネタを拾うのにワイドショーの視聴は欠かせなかった。

（それにしても……）

硲京太郎は先日、保険の契約をした村野好美という営業員の事が気になっていた。

（どうして連絡を寄越《よこ》さないのだろう？）

保険の契約を通じて京太郎は村野好美に好感を持ち食事に誘った。

（断られてしまったけど……）

プライベートな関係には発展しなかった。

（だからといって彼女は契約さえすれば後はサヨナラというタイプの人じゃない）

そう思えたから好意を持った。そんな彼女なら京太郎の初めてのテレビ出演の日には必ずリアルタイムで視聴してラインなどで連絡を寄越すだろうという確信があった。

（慰めてほしいわけじゃないけど……。何かあったのかな？）

彼女は十二歳上だが年の差は感じていなかった。

京太郎は食事を終えてコーヒーを淹れた。ボンヤリとテレビを眺める。

――地元住民が再開発に反対していた土地を宗教法人〈新しい神のルール〉が買い取り再開発を阻止した話題です。

奇特な団体もあるものだ。京太郎が眺めるテレビ画面に〈新しい神のルール〉教祖の高泉劉幻なる人物と周囲を固める幹部たち数人の動画が映しだされた。

（ん？）

京太郎はコーヒーを飲む手を止めて画面を凝視した。

（この男……）

どこかで見たことがある。京太郎はそう思った。

（どこだったかな）

思いだせなかった。

京太郎はコーヒーを飲み終えるとマジックの練習部屋に向かった。

12

中野神波堂は中野駅から南に伸びる道を十二、三分歩いた大きな通り沿いにある。

長方形の箱を横に置いた形の地上三階地下一階建ての灰色のビルで延べ面積は一万二千平米程。ビルの前には街路樹のポプラが並んでいる。

〈ＮＲＧ〉関係者以外にもホールの貸出を行い収益をあげているが今日は本筋である〈ＮＲＧ〉主催の神波会が行われる。入場料は五万円だが高いなどとは言っていられない。好美は、あすかを救いだすためなら、いくらかかろうとかまわないと腹を括《くく》っている。

クリーム色の無地のワンピース姿の好美は受付で五万円を払うと会場に入った。開演時間が近づいているせいかロビーにはあまり人はいない。壁際には書籍やグッズを売るブースがいくつか出ている。

（あれがオクトホンね）

好美はグッズ販売のブースを見て確認した。オクトホンとは本部に設置されている本尊の小型版で所有するだけでケガレが晴れるという触れこみの八角の星形のコースターのような平たいグッズだ。小、中、大の三種が販売され小は直径五センチで価格が千円、中は直径十センチで五千円、大は直径十五センチで一万円である。

さらに本部ではその上に銅製、銀製、金製、プラチナ製のオクトホンも販売されていて値段も五万円、十万円と上がってゆき最高額は百万円である。

好美はドアを開けて講堂に入った。五百人ほど入る講堂はほとんど満席だ。後列には空いている席がなく好美は中程よりもやや前列に空席を見つけてそこに坐った。

教祖の講話がメインイベントで、それによってケガレが晴れるという触れこみだが、それが何を意味するのか具体的には判らない。

好美は時計を見た。五時五十八分。

（そろそろ始まる）

舞台左袖から男性と女性が現れる。四十代前半と思しき短髪の男性は長身でガッシリとした体つきだ。女性はスラリとした美人だ。

「進行役の近壮太郎と蓼科一花です」

客席からは拍手が起こる。拍手などしたくない心境だが目立つといけないので好美も小さく拍手をした。

「最初は恒例の啓《けい》示《じ》白《はく》です」

〝啓示白〟とは信者たちが〈ＮＲＧ〉に入信して、いかに良かったかを発表する儀式だ。

「今日は素晴らしいおかたをお招きしていますよ」

近の言葉に会場がざわつく。

最初に登場したのは小柄な中年の女性だった。女性は〈ＮＲＧ〉に入信してから毎日が充実している事を木訥《ぼくとつ》とした口調で述べた。

次に登場したのは三十代と思しき痩せた男性だった。目が細く優しそうな笑みを浮かべたその男性は〈ＮＲＧ〉に入信してから孤独だった心が癒《いや》されていった事を陶酔した表情で述べたてた。男性が話を終えると再び近が登壇した。

「最後の告白者です。女優の坪《つぼ》井《い》美《み》佐《さ》子《こ》さん」

客席がざわついた。舞台左袖から坪井美佐子が登場すると拍手が起こった。

（あの人も信者だったの？）

坪井美佐子なら好美も知っていた。年配の上品な雰囲気の女優で、かつてはテレビドラマでよく見かけた顔だった。だが最近は見かけなくなっていた。

「坪井美佐子です」

坪井美佐子が挨拶をするとさらに大きな拍手が湧き起こる。

「家庭内の事情などで苦しんだ時期があったんですが高泉先生の御力《おちから》によって救われました」

坪井美佐子は穏やかな声で話し始めた。その声と口調は観客を魅了した。二十分ほどの話を終えると盛大な拍手と共に坪井美佐子は退場した。

「次はいよいよ教祖の登場です」

一段と大きな拍手に包まれて、おつきの男性を従えた高泉劉幻が登場した。銀色のスーツに身を包んでいる。歓声ともつかない熱気が会場を包む。高泉が演台の前に立つ。おつきの者はその背後に控える。

高泉がおつきの者と司会を務める二人に軽く頭を下げる。高泉が講演する時、訓話を垂れる時の儀式のような仕種だ。

高泉は正面を向くと手で拍手を治める仕種をする。徐々に会場が静かになった。

「高泉です」

高泉は威厳のある声で話しだした。

「この会場には現在、悩みのある人、あるいは過去に悩みがあったけれど今は悩みから解放された人など様々な段階の人が集まっていると思いますが今日は現在、悩みを抱えている人にお話ししたいと思います。たとえば、そこのあなた」

高泉が好美に顔を向けた。好美は右隣と左隣に坐る人に交互に顔を向ける。

「そう、今キョロキョロしている女性」

「え、あたし？」

好美は声を出した。

「そう、あなたです」

「嘘……」

壇上の女性が観客席に降りてきて好美にマイクを渡した。好美はおずおずとマイクを受けとった。

「あなたは今、悩みを抱えていますね？」

「いえ」

「では、なぜここに来たのですか？」

咄嗟に答える事ができない。

「あなたは過去に親しい人を亡くしているんじゃないですか？」

「え？」

「それもあなたの家族のように思えます。どうですか？」

「夫が、亡くなっています」

好美が応えると会場からどよめきが起こった。

「ご主人を亡くされたあなたは、しかし必死に生きてお子さんを育てた」

　血の気が引くような思いがした。

（高泉の言葉は当たっている）

　この人は一体……。

　高泉が眉間に皺《しわ》を寄せた。

「神の啓示が降りてきました」

　会場内が静かになる。高泉の次の言葉を待っているのだ。

「地震が来ます」

　地震？　とつぜん何を言いだすのだ？　高泉が右手を高く伸ばして人差し指を一本立てた。好美は怪訝《けげん》な思いで高泉を見守る。スマホの地震警報があちこちで鳴り響いた。軀が揺れた。

「地震よ」

　好美の隣の女性が誰にともなく言った。

「みなさん落ちついてください」

　高泉が壇上から呼びかける。揺れはさほど大きくない。

　好美は坐ったまま揺れが収まるのを待つ。ほどなく揺れは収まった。

「余震があるといけません。今日はこれで終了としましょう。みなさん気をつけて帰ってくださいʼ」

そう言うと高泉は舞台袖に消えた。残された信者たちの間で高泉の予知能力に対する賛辞が湧き起こっていた。好美は呆然としたまま会場を後にしてＪＲの駅に向かって歩きだす。スマホで確認すると先ほどの地震は震源地が茨城県南部、震度は茨城で４、埼玉、東京で３だった。

（高泉は地震を予知した）

それは紛れもない事実だった。好美の身の上に起こった不幸も言い当てた。

（あたしがここに来ることは誰にも言ってない。それなのに高泉劉幻はあたしの事が視えている）

好美は打ちのめされた。

「すみません」

声をかけられて好美は振りむいた。三十歳前後と思しき長身細身でワイシャツ姿の男性が立っている。

「ちょっと、お話を聞かせてもらえませんか？　私は羽田野と言います」

そう言いながら男は好美に名刺を渡した。好美は習慣的にその名刺を受けとる。

――週刊ワード

編集部　羽田野範之

名刺にはそう記されていた。

「あなた、先ほど高泉劉幻と話してましたよね？」

好美は頷く。

「その時の様子では、あなたは〈NRG〉に批判的のように見受けられました。〝悩みはない〟と答えていたし、その表情から何か敵意のようなものが」

「あの……急いでいるので失礼します」

見知らぬ男に話しかけられたので怖くなって好美は男から逃れようとした。〝高泉劉幻に批判的〟であることを責められるような気もする。

「勧誘とかじゃないですよ。ナンパでもありません。ホントに週刊誌の記者です」

好美は頭を下げると地下鉄への階段を下り始めた。目当ての駅ではなかったが男から逃れたかった。

「ちょっと待ってください」

好美は急いで階段を下りると、あっと言う間に改札を抜けた。ちょうど電車が到着したところだった。男は改札の中までは追ってこないようだ。

「必要を感じたら連絡をください。何か力になれるかもしれません」

好美は振りむかずに到着した電車に乗りこんだ。

13

村野あすかは心に小さな蟠《わだかま》りを抱えて生きてきた。

その気持ちの隙を突いたのは親友の染谷莉子ではなく、さして親しくはなかったクラスメイトの小島歌緒理だった。

休み時間に小島歌緒理がスマホで観ていたクマの動画にあすかが興味を示した事がきっかけだった。

クマは森の中の三メートル四方ほどのスペースをグルグルと回り続けていた。〝二十年間檻《おり》の中に監禁されていたクマなの〟と小島歌緒理は言った。檻から解放されて数年経ってもクマは檻の形に沿ってグルグルと回り続けるだけなのだという。架空の檻を回り続けるクマの姿にあすかは衝撃を受けた。

——精神的に束縛されて育った人間も同じなのかな。

クマの動画を観ながら呟《つぶや》いた小島歌緒理の言葉にもハッとさせられた。それ以来、二人はよく話すようになり、やがて小島歌緒理が〈新しい神のルール〉という宗教団体に入信している事を知った。

　初めはそのことに拒絶反応を示したあすかだったが〈新しい神のルール〉の教義が〝親子の縁を切る事〟だと聞いて興味を覚えた。あすか自身も〝親子の悩み〟を抱えていたところだったからだ。

――教祖に会ってみない？　特別な力を持った人なの。初めて会った人の事を何でも見抜いてしまうの。

　そんな小島歌緒理の誘いに乗ったのは好奇心の強い性格に加えて〝自分は宗教などには入らない。いくら無理矢理勧誘されても入る事はない〟という自信もあったからだ。あすかは小島歌緒理と共に都内の教団施設で教祖である高泉劉幻と会った。そこで……。

――村野さん。あなたは母親と本当は血が繋がっていませんね。

　高泉劉幻の言葉にあすかは驚愕《きょうがく》した。高泉の言葉は真実だったからだ。

　あすかはこの事実を誰にも話した事はない。親友の染谷莉子にも、そして小島歌緒理にも言っていない。

（それなのに……。この高泉劉幻という人は見抜いた）

あすかは高泉劉幻の不思議な力に打ちのめされた。〝あなたの母親は、あなたにきつく接するのではありませんか？〟という言葉も当たっていた。

（おかあさんは、わたしにきつく当たる）

特に中学校に入ってから勉強の事をうるさく言われるようになった。中学校に入って最初の中間テストで、あすかはクラスで一番、学年でも三位の成績を上げた。

（おかあさんは喜んでくれた）

だが次のテスト……一学期の期末テストでクラスで五番、学年で十九番に下がると注意された。〝もっとがんばんなきゃ駄目じゃない〟〝気が緩んだんじゃないの〟と。その時あすかは心に打撃を受けた。

（あんなにがんばったのに）

その後、あすかは奮起してクラスで三位以内、学年で十位以内の成績を保てるようになった。だが母は一向に満足しなかった。全国模試での順位、偏差値に目を向けあすかを叱《しっ》咤《た》した。少しでも成績が落ちると〝部屋が汚いからだ〟〝朝起きれないからだ〟と勉強とは関係のない部分まで注意される。

（もう耐えられない）

希望の高校に入れても、あすかの成績に対する母親の注意は収まらなかった。

（わたしが幼かった頃はおかあさんはもっと優しかった）

その記憶を確認しようと、あすかは昔のアルバムを探した。自分と母親の頬笑《ほほえ》ましい写真……。その時に偶然、村野家の戸籍謄本を見つけてしまったのだ。その戸籍謄本を見て、あすかは自分と母親に血の繋がりがないことを知った。

（どうして言ってくれなかったの？）

あすかの心に母親に対する不信感が芽生えた。

（わたしに辛く当たるのは実の子じゃないから？）

そう思うと母親の言動のすべてが疑わしく思えてきた。不信感は蟠りとなった。

このところ口喧嘩《くちげんか》も多くなっていた。

（この家から出たい）

そう思った事もある。〝残念ながら、あなたの母親は、あなたの事を疎ましく思っています〟と高泉劉幻に指摘されてあすかは思わず「ウソ……」と口に出していた。心の中では〝やっぱり〟とも思った。腑に落ちた気がした。高泉の不可思議な力を見せられただけにそれが真実なのだと思った。

翌日は都内にある〈ＮＲＧ〉の施設で高泉劉幻の行う奇跡を目の当たりにした。高泉劉幻は手も触れずにいくつかの物体を動かして見せた。

（この人は凄《すご》い力を持っている。この人の言っている事に間違いはない）

それからは頻繁に施設に出入りするようになり自然に入信していた。自分が入信した事を親に言う事は禁止されていた。それも〈ＮＲＧ〉の決まり事の一つだった。だからあすかは母親に知られないように教団に通い続けた。そして……。

「おめでとう、あすか」

〈ＮＲＧ〉本部にピンクのポロシャツにデニム地のミニスカートというでたちの小島歌緒理が訪ねてきた。村野あすかは第一応接室に小島歌緒理を案内した。

「ありがとう」

あすかは施設内の自動販売機で購入したペットボトルの緑茶を飲むと小さな声で礼を言った。

「すごいよ聖母に選ばれたなんて」

「自分でも信じられない。何が起こったのか」

母親に別れも言わずに家を出てきてしまった事を後悔していたが、それも仕方のない事だと気持ちの切り替えもできている。

「あすかなら絶対に選ばれるって思ってた。あすかは凄いもん。頭はいいしスポーツ万能だし美人だし。プロポーションもいいし」

「褒めすぎだよ」

あすかは笑った。

「おめでとうの他に、あすかにはお礼も言いたくて」

「お礼？」

「うん。うち、光人《こうじん》に入れるかもしれない」

「ホント？」

光人とは本部施設で居住する権利を得た上級信者の事で現在は四十名程存在する。光人は同時に幹部候補者となる。

〈NRG〉では全人類を零次元から六次元までの七つの階層に分けている。

信者以外はすべて零次元である。

信者になったものはその瞬間、一次元に昇格する。

修行を積み、また布施や労働などで教団に貢献するほど二次元、三次元と位が上がってゆく。

肉食はケガレが溜まるとされ菜食に徹していた信者が徳と力が高まったと認められると四次元に昇格し肉食を許される。四次元に昇格した信者は肉食をしてもケガレが溜まる事はないとされた。

五次元になった信者は光人と呼ばれて本堂で暮らす許可が下りる。更にその中で特別な貢献を認められたものは聖人と呼ばれ六次元の最高幹部となる。

教祖である高泉劉幻もこの六次元に属する。その上の七次元の存在は神である。

「ホントよ。信者をあと三人勧誘すれば入れるの」

「凄いじゃない」

「あすかのお陰よ。あすかを勧誘したことが評価されたの。なんたって聖母だもんね。あすか一人が七人分に換算されたの。だからあと三人勧誘すれば光人に入れる」

今まで小島歌緒理が勧誘した信者はあすか一人だった。

「でも、お礼を言うのはわたしの方だよ。小島さんが誘ってくれなかったら、わたしは〈NRG〉に入ってなかったんだもん」

今では六聖人にしか知らされていない〝秘密〟も知っている。けっして小島歌緒理は知ることのない秘密を……。

「昨日、あすかのおかあさんから電話があったよ」

歌緒理はパックのいちごミルクをストローで啜《すす》りながら上目遣いにあすかを見て言った。

あすかの目が見開かれた。

「おかあさん、何て言ってた？」

歌緒理が答えようとしたときドアが開いた。

「どんな手を使ったの？」

「エマ様……」

あすかが呟く。入ってきたのは六聖人の一人、伊能エマだった。

「うちが聖母になるはずだったのよ」

あすかも小島歌緒理も伊能エマを見つめたまま動くことができなかった。

「すみません」

「謝れって言ってんじゃないのよ。どんな手を使ったのかって訊いてるの」

「わたしは何も」

「ウソよ。ベッドでうちの悪口を言いまくったんでしょ。可愛《かわい》い顔をして怖い女ね。教祖様を丸めこむなんて」

「丸めこむだなんて」

「教祖様を丸めこめるとお思いですか？」

小島歌緒理がエマに訊いた。

「教祖様はすべてをお見通しです。教祖様を丸めこむなどということは誰にもできないはずです」

思わぬ歌緒理の反撃だった。

「伊能」

男の声がした。伊能エマは振りむかずにあすかを睨みつけている。声の主は昼間繁治だった。昼間繁治は五十九歳。身長は百七十センチを少し超えた辺りだろうか。軀は太り気味で顔も大きい。丸い目の下の皮膚《ひふ》が弛《たる》み隈《くま》ができ疲れたように見える。

「自分の部屋に戻れ」

伊能エマは、しばらくあすかを睨んでいたが踵を返して無言で昼間の横を通り抜けた。

「ごゆっくり」

昼間は小島歌緒理にそう言うと部屋を出ていった。

「驚いたね、エマ様」

「うん。ビックリした。まだ心臓がバクバク言ってる」

「エマ様、外されるね、六聖人。昼間さんの前で醜態を曝《さら》したんだもん。すぐに教祖様に報告される。もう〝聖人〟じゃいられないよ。そうしたらあすか、うちを推してくれない？　六聖人に」

「小島さんを？」

「そう。エマ様が外されたら六聖人の枠が一つ空くでしょ？」

「わたしにそんな権限はないよ」

「教祖様に進言して。お願い」

小島歌緒理の真剣な眼差《まなざ》しを見て、あすかは「わかった」と返事をしていた。

14

営業で着るミニのスーツに身を包んだ好美は姿見で自分の姿を確認した。

（大介さん。あたしに力を貸して）

中堅スーパーマーケット〈ヴァージニア〉の多摩統括部に所属していた村野大介は妻の死によってシングルファザーとなると時間の融通の利きやすい総務部に異動願いを出し受理された。

村野大介が総務部で環境問題や資料管理の仕事をしている時に好美は大介を知った。

顔が好みだった事に加え大介の真摯《しんし》な仕事ぶりにも好美は好感を抱いた。

二人の距離を一気に縮めたのは好美が仕入れた鶏肉にカンピロバクター菌が発生して廃棄処分にしなければいけなくなった時だ。大介が素早く処理の流れなどを調べて実際の処理業務も手伝ってくれた。その優しさに好美は深く惹《ひ》かれたのだ。

渋谷の映画館で『タイタニック』を観たのが最初のデートだった。帰りに和食店で酒を飲みながら夕飯を食べた。大介はあすかをママ友に預けていたので七時には帰路についた。

東京ディズニーランドへの子連れデートは好美と大介、そしてあすかとの理解を深め距離を縮めた。その後はあすかが保育園の時間に好美と大介が休みを取ってデートを重ねた。

やがて好美は大介の家で食事をするようになり、そのまま泊まる事も多くなった。

（大介、行ってくるね）

家を出た好美は城南大学院人文科学研究科の笹本尚幸の研究室を訪ねた。

「あなたも、しつこいねえ」

好美の顔を見るなり笹本は言った。講演会の時に着ていたような年季の入ったスーツを着ている。

（あたしのこと覚えていたんだ）

それなら話がしやすい。

「実はあなたに〝自分の生命保険について調べてみろ〟って言われて調べたんだよ。そうしたら、すでに入っていたよ」

「保険の勧誘じゃないんです」

「だったら何だと言うんです」

「実は」

好美は事情を説明した。

「こんな事をたった一度、名刺をお渡ししただけの笹本先生にお尋ねするのはご迷惑だと思います。でも藁《わら》にも縋りたい気持ちなんです」

「私は藁ですか」

「あ、いえ……。すみません。でも……。どうしても娘を取り戻したい……その一心で神波会に乗りこんだんです」

「あなたの行動力には感服します」

　笹本はゆっくりと茶を飲んだ。

「で、どうでした？　実際に神波会に参加して」

「奇跡を目の当たりにしたんです」

　笹本は表情を変えない。

「それで判らなくなって。高泉劉幻は本当に霊能者、超能力者なんじゃないか。だとしたらあすかは、娘は間違っていないんじゃないかって……。それで、その道の権威である笹本先生のご意見を伺いたいと思いまして」

　笹本は右手でずり落ちかけた眼鏡の縁を少し上げた。

「〈ＮＲＧ〉はカルトです」

　笹本は、いきなり断言した。

「でも高泉劉幻は奇跡を」

「どのような奇跡でしたか？」

「あたしの事をズバズバと言い当てて」

「事前に調べていたんでしょう」

笹本は躊躇《ためら》うことなく言った。

「それはありません。高泉劉幻は、あたしが神波会に行くことを知らなかったんですから。高泉劉幻にしてみれば、あたしは偶然その場にいただけなんです。それなのに、あたしのすべてを言い当てている」

「お話を聞いたところでは、あなたのお嬢さんは〈ＮＲＧ〉の聖母に選ばれた。〈ＮＲＧ〉にとって聖母の母を調べあげるのは当然だと思いませんか？」

「聖母の母……。あたしを事前に調べていたって言うんですか？」

「その通りです。〈ＮＲＧ〉にとって聖母は次の教祖を産む特別な存在ですからね」

「教祖の子を産むんですよね」

「教祖の子とは限りません」

「え？」

「教祖が神から啓示を受けて父親となるべき男性を決めるんです。と言っても出来レースでしょう。教祖は自分の子を産ませたいに決まってます。父親の名前は非公表ですから教祖が父親になると思います」

誰が父親であろうがおぞましい気持ちに変わりはない。

「神の啓示によって父親を決めるという教団の教義と矛盾しないように決めた建前でしょう。神の啓示と言っても教祖が勝手にそう言えばいいだけの話ですから」

笹本の話はもっともだった。

「生まれた子は両親以外の人間が育てることになっています。それこそ教団全体で育てる……。これだって実際にはどうなるか」

「すべてはインチキ……」

「そうです。事前調査もカルト教団や自称霊能者の常套手段《じょうとうしゅだん》ですよ。これはテレビ番組でも多用されています。たとえば……。あ、お茶を淹れましょうか？」

「どうぞおかまいなく」

「それでは失礼して」

笹本は自分だけ茶を飲むと「ある女子バレーボール選手が有名霊能者のテレビ番組に出たときにも」と話を続けた。

「そのバレー選手の自宅に収録日の一週間ほど前に番組スタッフが訪れてプライベートの情報を根掘り葉掘り聞いたんです。結局、番組で霊能者が霊視した内容は事前にスタッフが聞きこみをした内容とまったく同じだったんです」

「番組スタッフもグルだったんですか？」

「その通りです。同じ霊能者では、こんな話もあります。今度はある男性歌手の話ですが、その男性歌手が、やはり同じテレビ番組に出たときの事です。その霊能者は男性歌手の

〝死んだ母親〟を霊視したんです。死んだ母親の言葉をその歌手に伝えたんですよ。幼い頃、母親が抱いていた、その歌手に対する思いなどをね」

「外れたんですか？」

「当たりました。ところがその歌手の母親は死んでいなかったんです」

「どういう事ですか？」

「亡くなったのは歌手の父親が再婚した相手だったんですよ。つまり歌手にとっては実母ではなくて継母《ままはは》です。霊能者はその継母を実母と勘違いして〝死んだ〟と思いこんでいたんです。その継母は歌手の〝幼い頃〟など知りようがないんですよ」

事前調査に誤りがあったせいでその霊能者は頓珍漢《とんちんかん》な霊視をしてしまったという事か。

「これは霊能者の霊視が超能力ではなくて事前調査によるものだったことの証明です。別の著名霊能者の番組でも同じような事が行われていましたよ。その霊能者は出演者の選んだ数字やカードなどをズバズバと当てたんですがスタジオの隅から霊能者の仲間が合図を送っていたんです。番組の共演者が自分のユーチューブ番組で暴露していました」

好美は納得した。だが……。

「地震は？　あれには、どんな細工もできないはずです。事前に調べる事もできません。あの予言が当たったのを目の当たりにして、あたしは娘を奪還するっていう自分の行為が正しいのか判らなくなってしまったんです」

「地震も常套手段なんですよ」

「高泉劉幻は地震を予知できるんですか？」

「そうじゃありません。カルト教団の教祖や自称霊能者の常套手段という事です」

「でも地震を言い当てたことは事実です」

「毎回、言ってるんですよ。その中の一回が、たまたま当たっただけです」

「でも……。外れたら信者の信用を失ってしまいますよ？」

「外れる事はないんです。村野さんは日本でどれくらい地震が起きるか知ってますか？」

好美は首を捻《ひね》った。

「年によってバラツキがありますが震度3と震度4の地震を合わせれば年に二十回から三十回といったところです」

「そんなに……」

「つまり一ヶ月に一回は必ず起きている。震度2なら年に五十回、震度1なら百回以上も起きてますよ」

笹本は茶を一口飲む。

「指を一本立てていませんでしたか？　予言の前に」

「立ててました」

「一ヶ月の意味ですよ。すなわち〝一ヶ月以内に地震が来る〟。必ず当たる予言です。ところが、あなたが聴講した時は偶然に、その場で地震が来た。高泉が立てた指は〝一ヶ月〟から〝一分〟に意味を変えた。それだけの話です」

　肩から力が抜けた。

「〝一ヶ月以内に凶悪事件が起きます〟という自称予知能力者もいますよ。定義にもよりますが凶悪事件も日本では一ヶ月に一回起きています。つまり、この予言も必ず当たる」

　好美は呆然とした。本当の霊能者かもしれないと思った高泉の姿が色褪《いろあ》せてゆく。

「外れる事はないのね」

　呆然としたまま呟く。

「ありません。万が一、予知の仕方をしくじって外れたとしても〝私の力で止めた〟と言えば済む話です。実際に、その手の発言をした事があるカルト教団の教祖は複数います」

　さすがに笹本先生は詳しいと好美は感心した。

「基本的に予言者というものは毎日のように予言を発しています。それだけ予言をしていれば偶然、当たる事もあります。その当たった時だけ騒ぎたてればいいのです。外れた時のことなど誰も覚えていませんから」

　たしかに当たった時の衝撃は大きなものがあった。今日の好美はそのことを身を以《もっ》て感じた。その衝撃を笹本はいとも容易《たやす》く砕いてくれた。

「お願いです。あすかを……娘を助けてください。笹本先生ならきっと」

「お断りします」

笹本は腕時計を見た。

「お引き取りください。次の講義の時間です」

「でも……」

「村野さん。娘さんを取り戻したいという、あなたのお気持ちは、よく判りますが私に協力する義務はありません」

その通りだった。

「あなたのお嬢さんを取り戻す事は私の仕事ではありませんのでね。私の仕事は心理学です。カルトの欺瞞も研究していますが、あくまで研究です。あしからず」

「そこを何とかお願いします。人ひとりの人生がかかっています」

「私に信者たちを脱会させる力はありませんよ。信者たちは私の話よりも高泉劉幻の言葉を信じるでしょう。高泉劉幻にはカリスマ性がありますからね。私にカリスマ性はありません」

「先生には論理があります」

「感情で高泉劉幻を信じきっている信者に論理は通用しないんですよ」

「そんな事はありません。現にあたしは笹本先生のご指摘で高泉劉幻のインチキに気がつきました」

「あなたは信者ですか？」

「え？」

「たしかにあなたは高泉劉幻を信じかけていた。でも基本的には高泉劉幻をインチキだと思って娘さんを取り戻そうとしている。つまり最初から高泉劉幻を疑っていた。だから私の話に納得できたんです」

「信者たちは納得できないって言うんですか？」

「そうです。たとえば、こういう実験があります。〝この選挙の開票には不正が行われている〟という噂《うわさ》があったとします。そこでその噂を信じている者と信じていない者のグループに分けて、それぞれ同じ映像を見せます」

「どんな映像ですか？」

「選挙の開票に不正が行われているように見せかけた偽の映像です。〝不正があったと信じているグループ〟はその偽の映像をそのまま信じて〝不正があったとは信じていないグループ〟はその映像も信じなかったんです」

「つまり……」

「人の心、先入観、思いこみを変える事は容易ではないという事です。脱会も同じです。一旦入会した信者を脱退させるとなったら並大抵の労力では追いつきません。私には無理です」

「でも」

「現実問題、時間が取れません。私は海外出張を控えているんでね」

好美は項垂《うなだ》れた。

「それに〈NRG〉には得体の知れない怪しさを感じます」

「怪しさ……」

「ええ。〈NRG〉はマスコミの取材を一切、断っています」

「マスコミの取材を……。それは特異な事なんですか？」

「特異ですね」

笹本は茶を啜る。

「普通、宗教団体は自分たちの宗教を広めたいためにマスコミを積極的に利用します。ところが〈NRG〉は一切の取材を断っています。〈NRG〉がマスコミに取りあげられる場合はマスコミが勝手に取りあげた場合だけです。たとえば教祖の高泉劉幻が善行を積んだとか。たしかにそれは教団の宣伝になりますが取材できないのであれば、その内実にまで入りこめない。だから〈NRG〉の実態は今でも謎に包まれているんです」

「何か知られたくない事でもあるんでしょうか？」

「ええ。〈NRG〉は何か大きな秘密を抱えている。私はそう睨んでいます」

「大きな秘密……」

「それが何かは判りません。でも深く立ち入ることは危険です。その意味でも私は協力できませんよ」

好美は諦めるしかなかった。

「その代わり」

笹本は手帳を取りだした。

「カルト教団からの脱会を専門に扱っている団体をご紹介しましょう」

目の前に一条の光が差した気がした。

「教えてください」

「この団体です。写真に撮ればいいでしょう」

言われるまま好美はスマホを出して笹本が開いたアドレス帳のページを写真に撮った。

「〈脱出会〉……」

「そのまんまの名前でしょう。それだけ、その団体には覚悟と自信があるんですよ」

「連絡を取ってみます」

「いい結果を待っていますよ」

好美は丁寧に礼を言うと笹本の元を辞した。

15

　あすかは〈新しい神のルール〉の極秘事項を高泉劉幻の口から直接、聞かされていた。

「最初は驚いたでしょう？」

　菊原光希の言葉にあすかは頷く。

「このことは、ここに集まった幹部しか知らない」

　教祖室には高泉劉幻を始め七人の教団首脳が集まっていた。あすかを入れて部屋には八人の人間がいる。

「最高機密よ」

「はい」

「心の整理はついた？」

「つきました」

　あすかは何とか答えた。

「ファザーに対する忠誠心は変わらない？」

「変わりません。わたしにはファザーは神のような存在です。初めは父親のような存在でしたけど」

父親を亡くしているあすかには、その接しかたが温かく心に沁みた。それがいつしか父親としての接しかたから男としての接しかたに変わっていった。

「ファザーがあなたの子の父親になるのよ」

「え？」

あすかは声をあげた。

「神の啓示が降りたのですか？」

「そうだ」

ファザーが答える。

「これも最高機密よ。誰にも言わないで」

「はい」

ファザー以外に次の教祖の父親になるべき人物はいないとは思っていた。

「ただし受胎は十八歳になってからだ。十八歳での受胎が生物学的にも望ましい。だからお前の誕生日を待って受胎活動を始める」

あすかの脳裏にふと津田健志《つだけんし》の顔が浮かびあがった。

（やだ）

津田健志は、あすかと同じ高校の男子生徒で陸上部に所属していた。あすかとはクラスは違うが、陸上部の練習に参加するようになって話をするようになった。あすかは新体操部に所属しているが走るのが速いので大会になると陸上の短距離走に借りだされるのだ。

「何を考えている？」

あすかは瞬時に頭の中から津田健志を追いだした。

「母親の事か」

「いえ」

「お前の本当の母親は、お前を産んですぐに病気で亡くなった」

あすかは頷く。

「実の母親が病気で亡くなった後、父は男手一つで、わたしを育てることになったとファザーからお聞きしました」

あすかが一歳三ヶ月になるころ村野大介は小出《こいで》好美という女性と知りあい再婚した。小出好美は初婚だった。

あすかが三歳になった時に村野大介が事故死する。

以来、あすかは父親の再婚相手である村野好美……旧姓、小出好美に育てられる事になった。

保育園に母親……村野好美の自転車で毎日通った事を朧気《おぼろげ》ながら覚えている。

（雨の日にも、おかあさんは傘を差して自転車を漕いでいた）

本当は傘を差して自転車を漕ぐのは都の条例に違反しているのに……。

「母親が発する甘い言葉に惑わされるな。そもそも、お前の父親が亡くなったのは、お前の今の母親のせいだ」

「え？」

「聞いてないのか？　事故の事を」

「事故のことは聞いています」

「事故は村野好美のケガれた魂が呼びおこした悲劇なのだ。お前はその母親のケガれた魂を嫌悪しなさい」

「はい。ケガれた魂を嫌悪します」

　あすかの声に迷いはなかった。

16

　帰りの電車の中でドアに凭《もた》れるように立ちながら好美は涙が零《こぼ》れそうになるのを堪《こら》えていた。

（これから、どうしたらいいの？）

　笹本に紹介されたＪＲ吉祥寺駅北口の雑居ビル内にある〈脱出会〉に出向いたが協力はできないと言われたのだ。

〈脱出会〉では代表を務める北田浩子《きただひろこ》という四十代と思しき女性に話を聞いてもらった。北田浩子は親身になって話を聞いてくれた。

北田浩子は好美の話を聞いてすぐに村野あすかが〈NRG〉に洗脳されている事を指摘した。監禁されているわけではなくても同じ情報だけ与えられ続ければ人は簡単に洗脳されると。教祖の本を読み教祖の動画を見て信者たちの話を聞いていれば、それが真実だと思いこむ事は誰にでも起きる事だと。やがて書籍にしろネット情報にしろ自分が関心のある事柄だけを漁《あさ》るようになり自ら洗脳されてゆく……。

またカルトは最初は宗教だとは言わずに勧誘してくることも教えてくれた。占いや未来を予知する人がいるなどと誘って興味を示した相手には集中して教祖の偉大さを信じこませる……。

よく使われる手が教祖が病気を治す話。だがそれは治った気がするだけで教祖に〝一〇〇パーセント治る〟と言われれば、その時だけ治った気がするだけだと。

さらに病気がない人でも何らかの不安は抱えているものだから、それを煽《あお》る。〝あなたには悪い霊がついてる。このままでは大変な事になります〟と言われれば大抵の人は不安になる。そこで〝助かるには入信するしかありません〟〝入信しなければ天罰が下ります〟と言って入信に誘う。教団側の言い分に疑問を持つようになった人には〝勉強を続けてゆくうちに判ってきます〟と言って逃さない。

一々もっともだと好美は思った。すべてがあすかの場合に当てはまると思った。だが好美の「娘を助けてください」という頼みは拒絶された。理由は村野あすかに直接会う事ができないから……。

〈脱出会〉は信者に直接会って脱会を促す会だと。村野あすかは、すでに教団施設の中にいて、そこで暮らしているのだから会う事はできない。これでは手の下しようがない。

「でも……娘は〈ＮＲＧ〉に連れ去られたんです」と食いさがると「それなら警察に相談してみてください」と勧められた。好美が「連れ去られたと言っても拉致されたわけではありません」と言い募ると「ご自分の意志で教団に入ったのなら教団に働きかけるしかないですね」といなされた。「仮にお嬢さんと会う事ができたとして……。脱会までは一年ほどかかります」とも。信者の思考は〈教団=善〉vs〈外部=悪〉という二元思考に凝り固まっているから外部の言う事など聞こうとしない。それどころか外部には何をしてもいいとさえ思うようになる

理屈は判った。だが、あすかをどうやって取り戻したらいいのかは判らないままだった。好美は〈脱出会〉を出た足で最寄りの警察署に向かった。〈脱出会〉で「それなら警察に相談してみてください」と勧められたからだ。

だが結果は同じだった。〝大量殺人などの明らかな反社会的行為が認められた場合には警察は躊躇《ちゅうちょ》なくカルト教団に対して捜査を行うが今回のケースは明らかな反社会的行為

かどうかは判断できかねる〟と。

（すべてが現実の事とは思えない。昨日までは当たり前の日常を送っていたのに）

窓に流れる景色をボンヤリと眺めていると高架線の下に大通りが見えた。

（目白通りだ）

夫である村野大介が事故で亡くなったのも目白通りだった。その時の事は今でも夢に現れる。

家族三人……村野大介と好美、そしてあすかで豊島園《としまえん》に車で遊びに行った帰りだった。豊島園でビールを飲んだ大介に代わって好美が車を運転していた。自宅が近くなった頃、転がるボールを追いかけて脇道から子供が飛びだしてきた。その子を避けて急ブレーキをかけ急ハンドルを切った時に車は壁に激突した。好美はエアバッグによって助かったが後部座席に坐っていた大介はあすかを守って首の骨を折り即死した。

（大介さん、力を貸して。あすかを守って）

好美の目から涙が零れ落ちた。

17

現時点で唯一の仕事と言える星城大学での講義を終え粟津原は自分の教員室に戻った。

チェックのジャケットを脱いでベージュ色のシャツ姿に戻ると新しく買った丸山珈琲《まるやまコーヒー》の松本アルプスブレンドを淹れる。粟津原は夏でもアイスではなくホットコーヒーを飲む。いつも味わっているのは酸味のあるモカだが〝このブレンドの苦みも心地よい〟と粟津原は思った。

ノックの音がした。

「失礼します」

女性の声と同時にドアが開いた。

「粟津原先生、お久しぶりです」

クリーム色のワンピースに身を包んだ女性が挨拶をしながら部屋に入ってきた。村野好美だった。

「村野さん、久しぶり。実は先日、君のことを思いだしたばかりでね」

「そうなんですか？」

「うん。柄にもなく職業の向き不向きなんて事を考えていた時に君の顔が浮かんだんだよ。君は営業に向いているってね」

「ありがとうございます」

好美はすぐに頭を下げた。

「実は粟津原先生に折り入ってお願いがありまして、お伺いいたしました」

「君のお願いなら、なるべく聞いてあげたいが」

「ホントですか？」

「ただ保険は手一杯でね。最近は節約を心がけているし、むしろ見直しをしたいぐらいで……。保険の見直しということなら頼んでもいいけど」

「保険の事ではないんです」

好美は事情を説明した。

「それで、もう頼る人が粟津原先生しかいないと思いつめて」

「私にどうしろと？」

「高泉のインチキを暴いてほしいんです。粟津原先生なら高泉のやっている奇跡がインチキだって判りますよね？」

「高泉はどんな奇跡を見せたの？」

「動画で見たのはスプーン曲げです」

地震予知と好美の過去を言い当てた奇跡は笹本によって解明されているので好美は高泉を調べる上で目にしたネットの動画について話した。

「そんなものは誰でもできるよ」

「そうなんですか？」

「梃子《てこ》の原理を使ってスプーンを素早く曲げるだけだからね」

そう言うと粟津原は立ちあがり引出から一本のスプーンを取りだした。

「見てて」

そう言うとスプーンの首の部分を指で摘んで擦り始めた。スプーンは首の部分からグニャリと曲がった。

「すごい」

「けっこう練習したけどね」

粟津原は照れたように言うと曲がったスプーンをテーブルに置いた。

「手を使ったスプーン曲げは判りましたけど高泉は手を使わずにアルミのパイプを動かしてもいます」

「アルミのパイプ？」

「ピルケース……薬やサプリを入れて持ち歩くための筒のケースです。それをガラスのテーブルの上に置いて手を翳《かざ》しただけで自由に動かすんです。高泉の手はピルケースには一切、触れていないんです」

「静電気だよ」

「静電気？」

「そうだ。条件さえ整えば高泉とピルケースの双方に静電気が帯電する。磁石と同じで、それが反発しあって動くんだよ」

「でも……。高泉はピルケースの他に鉛筆も手を使わずに動かしてました。鉛筆は帯電しませんよね？」

「それは鉛筆に息を吹きかけて動かしていただけだな」

「それだけ？」

「そうだ。昔、そんな単純なトリックに騙された物理学者もいたぐらいだからね」

　好美は大きく頷いた。

「そのことを高泉に突きつけてください」

「悪いけど力にはなれないな」

　粟津原の脳裏に苦い思い出が甦っていた。かつてテレビで〈ＮＲＧ〉を批判して、その直後からテレビ局からのオファーが途絶えたこと……。さらに講演会でも〈ＮＲＧ〉を批判した直後から依頼が途絶えた。いわば粟津原にとって〈ＮＲＧ〉は天敵だ。〈ＮＲＧ〉に仕返しをしようという気持ちが燃えあがった時期もあったが歳を取ってからはその気持ちも沈んでしまった。今では〈ＮＲＧ〉は思いだしたくもない名称となっている。

「たしかに君のお嬢さんは大変な状況に陥っている。でも、あくまで君の娘さんであって私の娘じゃない。私に高泉と直接会って対決するなどという義理はないんでね」

「そこを何とかお願いします。お金は払います」

「個人的な仕事は受けたくない。あくまで大学やマスコミからの依頼が私の仕事だ」

「でも」

「村野さん。私がいなくても君がスプーン曲げの仕組みを信者に教えてあげればいいでしょう」

「私じゃダメです。やっぱり物理学者である粟津原先生だからこそ信者も納得すると思うんです」

「しつこいね、君も。私に君の娘を救う義務はないと言ったでしょう。帰ってください」

好美は呆然と立ちつくしていたが、やがて頭を下げて部屋を出ていった。

丸山珈琲はすっかり冷めていた。

18

新宿区芸術文化ホールの舞台で黒いタキシード姿の硲京太郎はダンシング・ケーンを演じていた。

ケーンとはステッキの事で演者の手を離れたステッキが空中で独りでに動き回る古典的な演目だ。古典的ではあるが、それだけ見栄えのするパフォーマンスで今日の観客も京太郎の華麗な手《て》捌《さば》きもあって感嘆の溜息、どよめき、拍手が湧き起こる。

仕掛けは簡単で目に見えにくい糸で操っているだけなのだ。舞台上の京太郎は常に笑みを絶やさずに糸を操ってみせる。

三週間後には大きな勝負が控えている。テレビ局が主催する新進マジシャンたちによるコンテスト〈マジシャンズ・11《イレブン》〉。裕京太郎もエントリーされた。

（そこで優勝すれば……）

裕京太郎は新進マジシャンから一気に一流マジシャンに格上げになる。

エントリーされた出場者は十一人。いずれも裕京太郎が一目置く実力者ばかりだった。

（だけど負けるわけにはいかない）

負けられない理由があった。

――世界一のマジシャンになる。

それが京太郎の夢だった。その夢の実現のためにはコンテストは絶対に勝たなければならない。

京太郎の父親もマジシャンだった。実力があり世界一のマジシャンになる夢を抱いて舞台に励んでいた。だが……。京太郎が幼い頃、夢半ばで無念にも病死した。

京太郎がマジシャンを志したのは父親の影響だろうし世界一のマジシャンになるという夢も父親が果たせなかった夢を自分が果たすという気持ちが強かった。

子供の頃からマジックの習得に励んだ京太郎は父親譲りの才能があったのか、すぐに様々なマジックを高いレベルで習得して自然にプロのマジシャンになっていた。

そんな京太郎を不運が襲った。

大きな舞台を控えたその日……。所属していた芸能事務所で不祥事があった。

その芸能事務所にはタレントの他にマジシャンが二人、所属していた。硲京太郎ともう一人の男。その男が事務所の金を持ち逃げして姿を消したのだ。男は事務所保管の金庫を開け現金三百万円を盗んだ。しかもその男は窃盗の罪を京太郎に着せようと金庫の側に京太郎の持ち物であるマジック用の小道具、ギミックコインを落としていたために硲京太郎が疑われた。

その男は以前から質《たち》が悪く所属事務所の女性社員、女性タレントにセクハラ行為を繰り返していたため京太郎が注意した事がある。その事を男は逆恨みして京太郎に罪を着せたのだ。さらにその男は京太郎の舞台道具に細工を施していた。京太郎が使うテーブルや糸に切れ目を入れていたのだ。

罪を着せられたことで気が動転していたことに加え舞台道具に細工をされたことに気づかず京太郎はその日のマジックを失敗してしまった。それがトラウマとなって、その後もテレビ出演など大きな勝負の懸かった舞台になると手が震えパフォーマンスを失敗してしまい一流マジシャンへの道を閉ざされてきた。

(舞台恐怖症……)

そんな言葉が京太郎の脳裏を過《よ》ぎる。

(克服しなければ)

〈マジシャンズ・11〉で優勝すれば克服できるような気がしていた。いや克服できると自己暗示をかけている。

(ここまで必死でやってきた)

手の震えを気力で抑えこみ目を見張るようなイリュージョンを舞台上で成し遂げてきた。だが気力で抑えこまなければいけないほど震えが襲ってくる事も事実だった。その原因を作ったのが……。

(あいつ……ジニアス新井)

本名・新《あら》井《い》康則《やすのり》。事務所の金を横領して姿を眩《くら》ました男。

マジックの腕は一流だった。京太郎は今でもジニアス新井……新井康則が舞台でマジックを演じている姿をまざまざと思いだす事ができる。

新井康則が得意としたのは透視術だ。観客の心理や行動を見抜く術。たとえば1から5までの数字が書かれた五枚のカード。新井が見ていないところで観客にその五枚のカードを五枚の封筒に一枚だけ裏返しにして入れてもらい新井がその裏返しに入れた一枚を当てるという演目だ。タネは簡単で紙の向きを利用するだけである。紙は植物の繊維を漉《す》くという操作を加えて作られているので必ず方向性がある。紙を裂いてみると裂けやすい方向と裂けにくい方向がある事でもそれは判る。その性質を利用して表で曲げた時と裏で曲げた時に違いが判りやすいバインダーの用紙などを切り抜いて自分でカードを作ればいいのである。

（観客を驚かせる事に関しても一流だった）

新井康則が売りにしていた演目は観客が子供の頃に飼っていたペットの名前を当てるというものだった。当てられた観客は驚愕の表情を浮かべる。だがその観客は新井康則が仕込んだサクラだった。サクラが驚く様子を見て他の一般の観客たちが驚き新井の不思議な能力に感嘆するという仕掛けだ。

その新井康則が事務所の金を横領して京太郎に罪をなすりつけて姿を消した。新井康則は硲京太郎と入れ替わりのように事務所を去ったので関わった期間は短く親しいつきあいはないが迷惑を被った事は忘れられるものではない。

（今頃どこで、どうしているのか）

ふとそんな思いが頭を過ぎったが舞台上であることを思いだしパフォーマンスに集中した。

（次はアシスタントを使った人物入れ替えのマジックだ）

ジニアス新井が得意としていたマジックだが今では京太郎の得意演目の一つになってい

た。

19

羽田野がシステム手帳を持って星野のデスクまでやってきた。

「園山の死の構図が見えた気がしますよ」

かつて〈週刊ワード〉に電話をかけてきて、その後、死亡が確認された〈ＮＲＧ〉すなわち〈新しい神のルール〉信者。

「どんな構図なんだ？」

煙草の煙を燻《くゆ》らせながら星野が訊く。

「園山は〈ＮＲＧ〉の秘密を知ってしまったから殺されたんです。おそらく園山は高泉のインチキを裏で支える活動をしていたんじゃないですかね？」

「具体的には？」

「高泉は面談相手の悩みや素性を言い当てる事で信頼を得て信者を獲得しています」

「それはよくある手だろ。たとえば〝あなたは軀の内部に問題を抱えています〟って言いながら胸から腹の辺りを指し示すとかな」

胃腸の調子が悪かったり動悸《どうき》や胸焼けを感じたりしている人は多いから、そのような言葉はかなりの確率で当たる。また胸や腹ではなくても頭は〝軀の内部〟と言えるので頭痛持ちの人にも言葉は当てはまるというわけだ。

「あるいは最近、連絡のなかった人から連絡がありませんでしたか？　とかもな」

これも当たる確率が高い。〝最近〟の定義は曖昧《あいまい》で一週間前辺りから一ヶ月前、さらには一年前辺りまで演者の都合で含める事ができる。それだけの期間があれば誰かしらから連絡が来ている確率は上がるし来てなかった場合には〝知らないうちに来ているはずですから確認してください〟〝連絡を取りたがっている人がいるはずです〟〝これから来るでしよう〟など、いくらでも言い逃れはできる。

「それはコールドリーディングでしょう」

コールドリーディングとは一般的に当てはまる事象をあたかも対象者だけの事象だと思いこませるようなテクニックである。

「高泉のはホットリーディングなんですよ」

演者の才覚で当たっているように見せるテクニックであるコールドリーディングに対してホットリーディングは事前に対象者の調査をしてから恰《あたか》も霊能力で当たったかのように思わせる方法だ。

「その事前調査を園山がやっていたって言うのか？」

「園山というより〈イーグルリサーチ〉が、です」

「なるほど。〈イーグルリサーチ〉は探偵社だ。面談者の内情を探るのはお手の物か」

「ええ。そう考えると〈イーグルリサーチ〉の二人が高級マンションに住んでいる事も腑に落ちます」

「〈NRG〉の根幹を成す裏仕事を受け持っているから見返りとして好待遇を与えられている……という事か。たしかに腑に落ちる」

「園山も教団内で実績を挙げて、また適性を見込まれて〈イーグルリサーチ〉の社員に抜擢された。おそらく〈イーグルリサーチ〉の仕事を任されるのは、かなりの信頼を得た人間じゃないとダメなはずです」

「だろうな。秘密を絶対に外部に漏らせないからな」

「その秘密を園山は外部に漏らそうとした」

「あの電話か」

園山は〈イーグルリサーチ〉三人目の社員に抜擢されたが入社間もなく自殺している。〈週刊ワード〉に電話をかけてきた直後でもある。

「その電話は〈NRG〉の裏仕事を告発する内容だった。それを阻止しようとして〈NRG〉は園山を抹殺した……」

「辻褄は合う、か」

羽田野は頷く。

「だが、まだ記事にはできねえ」

「証拠がありませんからね」

「そういう事だ」

「だけど我々は警察じゃありません。警察は証拠がなければ逮捕できませんが我々は法的な証拠なしに疑惑を訴える事ができます」

「その疑惑が思いこみだけの事実無根だったら大変な事になるぞ。過去にマスコミの思いこみによる過熱報道で辛い思いをした人が何人もいるんだ」

「判っています。法的証拠までいくかどうかは判りませんが裏は取りますよ」

「どうやって？」

「まず〈ＮＲＧ〉の創立から調べます。話はそこからです」

「その後は？」

　羽田野は言葉に詰まった。

「内部の人間の話を聞けたらいいんだがな」

「内部の人間……信者ですか？」

「ああ。もしくは信者の肉親か。その辺りに話を聞けたら突破口になるかもしれんぞ」

「それらしき人物を神波会で見かけました。その時には話を聞けませんでしたが名刺を渡しています」

「連絡が来るといいな」

「はい」

「だが時間がない。我が社の経営状態は、ますます切羽詰まっている。お前にもいつまでも〈NRG〉に関わってる時間は与えられん」

そう言うと星野は新しい煙草に火を点けた。

20

あすかはドアを開けて交神室に入った。

十五平米ほどの交神室には隅に木製の四角い机と中央に木製の丸いテーブルが置かれていて丸テーブルの周りに高泉劉幻、昼間繁治、近壮太郎、若い女性の光人が一人、若い男性の光人が二人、そして〈NRG〉ユニフォームに身を包んだ小島歌緒理が坐っていた。

全員があすかの制服に視線を向けた。

「制服の着心地はどうだ？」

高泉に問われてあすかは思わず俯《うつむ》いた。幹部女性の制服は膝上十五センチ程の白いミニのワンピースだが、あすかのそれは同じ白のミニでも軀の線がクッキリと出るボディコンタイプのものだった。

「少し恥ずかしいです」

「そのうち慣れる」

あすかは小学校の体操服を思いだした。

（あの時も恥ずかしい思いをした）

母親が体操服に名前を縫ってくれたのだが母親は裁縫が苦手で下手な縫いつけかたをして友だちにからかわれた。

（運動会でも、おかあさんは一際《ひときわ》大きな声でわたしを応援して恥ずかしかった。無神経なんだわ）

母親に恥ずかしい思いをさせられた事がやけに思いだされる。

「あすか様もテーブルに着いてください。お二人は交神儀は初めてでしたね？」

近が尋ねると、あすかと歌緒理は緊張した面持ちで「はい」と答える。

交神儀とは高泉劉幻の霊能力を介してケガレを祓《はら》う儀式だ。

「交神儀の前に」

高泉は〈ＮＲＧ〉の幹部たちに軽く頭を下げると話しだした。幹部に頭を下げるのは高泉が講演する前、奇跡を見せる前に行う仕種である。

「この部屋に霊気が充分に満ちているか確認してみよう」

高泉によれば霊気は宇宙から常に大地に降り注いでいる。そしてパワーの強い人間はその霊気を集める事ができる。

高泉は隅の四角い机に宛《あてが》われた椅子に坐った。机の上にはコンパスカードすなわち方位を示す磁力が施された丸い円盤が設置されている。小さな台の上に先端が針のように尖《とが》ったピラミッド型の台座が置かれ、その上にコンパスカードは載せられている。円盤には東西南北の記号が記され北の記号は高泉を指している。正確に方位を示しているようだ。

高泉が円盤に手を翳した。円盤がゆっくりと回転し始めた。あすかは息を呑《の》んだ。高泉は一切、円盤に手を触れていない。

「霊気は満ちているようだ」

「交神儀を始めます」

昼間が厳かに言った。

「テーブルを軽く摑んで」

高泉に言われテーブルの周りの男女七人が全員でテーブルの端を軽く摘むように摑んだ。

「霊気をテーブルに集中させる」

高泉がそう宣言すると男女が摑んだテーブルが動き始めた。

（ウソ……）

あすかが摑んでいるテーブルが勝手に動きだしたのだ。

（わたしは一切、力を入れてないのに）

歌緒理も驚きの顔を見せている。

やがてテーブルは奇怪な動きを見せる。一人の男性が持つ端が持ちあがったかと思うと急に下がって隣の女性が持つ端が持ちあがる。次は反対側の端が持ちあがる。テーブルの動きは激しくなりヘビがのたうち回るようにうねり始める。

「止まれ！」

高泉劉幻が、かけ声と共に手で制した。テーブルは動きを治め元の平らな面に落ちついた。

「すごい……」

あすかは思わず呟いていた。あすかの呟きを聞いて高泉は笑みを浮かべる。

「これで、あなたがたのケガレを祓う力も確実に増しましたよ」

「ありがとうございます」

歌緒理が礼を言うと他の光人たちも次々に高泉に礼を言った。

「神は視えない」

「神は視えない」

高泉の唱えたマントラを皆も唱和した。

21

ＪＲ新宿駅東口を出てすぐのテナントビル二階にある〈北欧《ほくおう》〉という喫茶店に好美は小島歌緒理と並んで坐っている。

好美はクリーム色のワンピースを着ている。まだ何も注文していない。小島歌緒理はピンクのポロシャツにデニム地のミニスカートを穿いている。

好美は、ある覚悟をもって小島歌緒理に〈ＮＲＧ〉の高い地位の人に会わせてくれるように頼んだ。〝あすかのことで話が聞きたい〟と。話を聞いた上で納得できたら自分も入信してもいいとつけ加えた。だが好美の真の目的は幹部を呼びだしたその場で高泉劉幻のインチキを暴いて小島歌緒理と幹部の二人の目を醒ますことだった。

（小島さんと幹部を味方につけて、あすかを取り戻す）

その覚悟で好美は今日の待ちあわせに臨んでいる。

最初は〈ＮＲＧ〉に偽装入信して内部からあすかを取り戻そうかとも考えたが親子で入信する場合は親子の縁を切ることが条件だと知り諦めた。入信後は親子は一切の接触を禁じられるので話すこともできない。それ以前に新規の入信者は聖母大典まで聖母であるあすかに謁見することは許されていないので接触のしようがない。

（ならば内部の人間を味方に引きいれるしかない）

そう考えたのだ。

好美の真の意図を知らない小島歌緒理は好美の頼みを承諾した。

入口のガラスドアに気を配っていた小島歌緒理の顔が引き締まる。

「いらっしゃったわ」

ガラスドアから入ってきたのはクリーム色のブラウスと紺のパンツに身を包んだ若い女性だった。身長は百六十センチほどだろうか。細身で茶色に染めた髪が肩先まで伸びている。小さな顔の中に豹《ひょう》のような鋭い目が目立っている。

小島歌緒理が軽く手を挙げる。気づいた女性は二人の坐るテーブルまでやってくる。小島歌緒理が立ちあがったので好美も立ちあがる。

「村野さんですね？」

「はい」

「青木と言います」

女性は名刺を好美に渡す。名刺には〝新しい神のルール　青木冴子〟とだけ記されている。好美も名刺を渡すと青木冴子は坐った。好美と歌緒理も坐る。

「村野あすかさんのお母様ですね？」

「はい」

ウェイトレスがテーブルまでやってくる。

「ケーキと飲物を頼んでください。ここのケーキはおいしいんです」

青木冴子の言葉に好美は緊張した面持ちで頷く。青木冴子と小島歌緒理はモンブランとアイスティー、好美はショートケーキとアイスコーヒーを頼んだ。

ウェイトレスが去ると青木冴子は「ご入会を考えているとか？」と切りだした。

「はい」

「親子で入信した場合は親子の縁を切る決まりはご存じですか？」

「知っています」

「それでもいいと？」

「かまいません」

「それならば歓迎します。信者が一人増えるという事は救われる魂が一つ増えるという事ですから。聖母大典の前に信者が一人でも増えるのはありがたいわ」

「その前に一つ教えてください」

「何でしょう？」

「あすかは……娘は元気ですか？」

青木冴子は表情を動かさずに好美を見る。

「元気ですよ」

好美は「よかった」と呟く。

「毎日、どんな暮らしをしているんですか？」

「聖母になられるための修行の日々……瞑想《めいそう》に聖典の勉強に励んでいます」

「聖典？」

「聖書に仏典、コーランなどです。〈新しい神のルール〉はすべての宗教を取りこんでいますから」

「変ですね」

ウェイトレスが三人分のケーキとアイスティー、アイスコーヒーを運んでくる。

「他の宗教の寄せ集め……」

ウェイトレスが去ると好美は話を再開させた。

「教祖独自のお考えはないんですか？」

青木冴子が目を細めた。

「ごめんなさい。でも疑問があるうちは信者になる事はできないと思うんです。小島さんだってそうでしょ？」

好美は小島歌緒理に顔を向けた。歌緒理は顔を引きつらせて答える事ができない。

「青木さん、あなただってそうでしょう？」

「仰《おっしゃ》る通りです。村野さんに〈新しい神のルール〉に関する疑問点があるのなら、ここで解消しましょう。そして気持ちよく入信してもらいましょう」

「その前に」

「また〝その前に〟？」

青木冴子は笑いを堪えるような顔になった。

「青木さん。あなたはどうして入信したの？」

二人の目を醒ます方法は検討済みだ。まずは〝カルト教団に入信する人は悩み事という弱みにつけこまれる事が多い〟という事実を認識してもらうこと。自分が弱っていなかったら、つけこまれる事もなかったと判ってもらうこと。

「何か悩みがあったんじゃない？」

青木冴子はしばらく考えてから「あったわ」と答えた。

「どんな悩み？」

「交通事故。小学校の時だったわ。集団登校の列に乗用車が突っこんできたのよ。ケータイを見ながら運転していた若い男だった」

好美が想定していた悩みとは種類が違うようだ。

「三人の友だちが亡くなった」

好美は息を呑んだ。

「重傷が二人。わたしは無傷だった。でも一部始終を見ていた。わたしの目の前で友だちが三人死ぬ一部始終を」

「辛い経験をしたのね」

「辛い経験をしたのは友だちと、そのご家族よ。でも、わたしもトラウマになった。それも重いトラウマにね」

「青木さんはね、車が怖くなったの」

　小島歌緒理が口を挟んだ。

「乗るのも、見るのも。エンジンの音を聞くのも」

「そうなの。エンジンの音を聞くだけで、地獄のような光景が頭に浮かんできて軀が動かなくなるのよ。でも、それを教祖が治してくれた。今ではわたしは教祖の運転手を務めているわ」

　好美にはにわかに信じられなかった。これも高泉が起こした〝奇跡〟なのだろうか？

「あすかにも悩みがあったのよ」

　小島歌緒理がポツリと言った。

「お弁当のこと？」

　好美は思わず訊いていた。好美は裁縫も苦手だが料理も苦手で、あすかに渡す弁当も満足のゆくものができた例《ため》しがない。

「ちがいます」

「じゃあ、どんな悩み？」

「小さな頃におかあさんに酷《ひど》い事を言われたんだって。それがトラウマになってるみたい」

「村野さん。心当たりはありますか？」

青木冴子に訊かれて好美は「ありすぎるわ」と答えていた。

「あたしは口が悪くて怒りっぽかったから、あすかが小さな頃はいろいろ酷い事を言ったかもしれない」

「具体的には？」

あの事だろうか？　それともあの事？　いくつも思い当たる節があった。あすかを傷つけるたびに後悔していた。だが、あすかは元気に真面目に育ってくれたので謝る機会を見つけられずに今日まで来てしまったのだ。

「あすかさんが入信したのも無理はないかもしれませんね」

心のざわつきがさらに広がる。

「そんなあすかさんを救ったのは教団よ。わたしのトラウマも教団が消してくれた。みんなケガレが晴れたお陰なの」

「ケガレ……」

「そう。ファザーは聖書、仏典、コーランなど、すべての教義を会得した後にケガレを祓ってハレの世界に到達するという真理に辿《たど》りついたのよ」

　青木冴子の目に熱を帯びた光が宿った。

「そんなの……まやかしよ」

「まやかしで、わたしのトラウマが消える？　ケガレは本当にあるのよ」

「それがあったとしても教祖の力で取り払うなんて嘘に決まってるでしょう」

「村野さんは実際に目の前で見ていないからそんな事が言えるんだわ。教祖は地震の予知だって当てているし」

「それはいつも言っているからよ。言い続ければどれかは当たる」

「村野さん。あなたは邪悪な目で見るからそういう誤った見方しかできないのです」

「違うわ。高泉劉幻の霊能力はインチキよ」

「インチキじゃありません！」

　歌緒理が声を荒らげた。

「教祖様はうちのことを何でも見通す事ができるんです」

「事前に調べているからよ」

「え？」

「あなたの過去の事を事前に調べるの。調べる人たちが〈ＮＲＧ〉の中にいるのよ」

「嘘です」

「本当よ。高泉劉幻はその事前調査の資料を見てあなたの事を当てているだけ」

「デタラメを言わないで」

青木冴子が言った。その声は小さく震えている。

「そんな事があるわけないでしょう」

「青木さん。あなたも知らないの？」

「知らない……。そんな事があるわけないから」

「あるのよ」

「天地神明に誓ってそんな事はない」

どうして認めようとしないのだろう？　好美の胸に焦燥感が募る。

「教祖様の仰った通りだわ」

歌緒理が呟いた。

「世間の人はケガレにまみれているって。そのケガレを晴らさないとケガレたままの目で生きてゆく事になるわ」

「汚れているのはあなたたちの方よ」

「村野さん。あなたは本当に入信したいんですか？」

青木冴子は怒りに燃えた目で好美を見つめる。

「村野さんの話を聞いていると〈新しい神のルール〉に対して反感を抱いているようです

けど」

「誤解だわ」

　好美の声は力無い。

「村野さんを危険人物と認定します」

「え？」

「村野さんは今わたしと小島歌緒理さんを悪の道に誘いこもうとしました」

「悪の道から救いだそうとしたのよ！」

　好美は思わず大きな声を出した。

「それが村野さんの本心ですね」

「あ、いえ」

「帰ります。小島さん、行きましょう」

「はい」

　二人は立ちあがった。

「話は終わってないわ」

「これ以上の話しあいは無駄です」

　二人は店を出ていった。好美は二人の後を追おうと急いで勘定を済ませて外に出たが、
すでに二人の姿は消えていた。

22

蓼科一花は青木冴子の横顔を見つめていた。

第三教祖室である。部屋の奥に大きなデスクがあり、その向こうの可動式アームチェアに高泉劉幻が坐っている。デスクの前にはガラステーブルが縦の方向に置かれていて、その左右にソファが設《しつら》えられている。ソファには蓼科一花と青木冴子が並んで坐り正面に昼間繁治と近壮太郎が坐っている。

「村野好美さんは教祖の透視能力がまやかしだと強調しました」

青木冴子は小島歌緒理を伴った村野好美との面談の報告をしている。青木冴子の横顔を見ながら蓼科一花は、かつて取引のあった女性銀行員のことを思いだしていた。

――ご両親のために、あなたのお店を担保に出してください。

そう一花に勧めた女性銀行員の顔が青木冴子に似ていたのだ。

生まれた家が貧しくて高校の授業料を払う余裕もなかった一花は中学を出ると大手食品会社の工場に働きに出た。十五歳から働きだした一花は、いつしか〝自分の店を持ちたい〟という夢を持つようになった。幼い頃から自宅のキッチンに立ち料理が得意だった一花は小さな食堂を開きたかったのだ。

その夢を実現するために遮二無二働いた。午後五時に工場の勤めが終わると夜は近くのレストランでバイトをした。

その甲斐《かい》あって二十五歳の時に念願の店を持つ事ができた。小さな食堂だった。

一花の両親は二人とも定職に就くことができず職を転々としながら一花を育てた。

どこで拾ってきた話かガールズバーを経営するから金が要るということで両親揃って一花に融資を頼みこんだ。近くの銀行の支店長、担当銀行員も自宅に押しかけて一花に融資を勧めた。「ご両親のために食堂を担保にだしてあげてください」と。

渋る一花に〝銀行を利用して事業は大きくなるんです。一花さんの食堂だって将来はうちがお力になります〟と力強い口調で言われて一花は承諾した。

だが……。

両親の事業は失敗して多額の借金だけが残った。自宅の家具も一花の食堂も売り払っても追いつかない程の借金が保証人の一花に残ったのだった。

担当銀行員も支店長も異動で転勤になった。

新たな借金を返すためにさらに高利の金を借りる事になった。取り立ての電話が自宅ばかりか職場にも押しよせる。やがて柄の悪い取立屋も現れ〝臓器を売れ〟などの言葉を浴びせられ生活は地獄と化した。

（銀行強盗でもしてお金を作ろうか）

そこまで追いつめられた。

そんな時に心の拠《よりどころ》として縋ったのが〈ＮＲＧ〉だった。一花は〈ＮＲＧ〉で頭角を現し、やがて〈イーグルリサーチ〉の仕事を任されるようになった。そこでも働きが認められ高額の報酬を得るようになり借金を返済した。地獄のような生活から救ってくれたファザーには一生かかっても返せない程の恩義を感じている。ファザーのどんな命令でも聞く覚悟はできている。

「よく報告してくれた」

一花が回想に耽《ふけ》っている間に青木冴子の報告が終わった。

蓼科一花と青木冴子は同じ年に〈ＮＲＧ〉に入信した。二人とも入信してすぐに、その目を惹く美貌から優遇されて地位を上げ六聖人に選ばれた。

（青木さんの聖人ランクが自分よりも一つ上なのは美人だから）

蓼科一花も周囲からは美人と称されてきたが自分では目の細さと顎の先が少し尖りすぎている事にコンプレックスを持っていた。

（青木さんの顔は非の打ち所がない）

そう思っているし、それは信者たちの共通の意見でもあった。

「村野好美は私の力を疑っている……。その事についてどう思う？」

「憂慮すべき事態かと考えます」

近が答える。

「〈ＮＲＧ〉に敵対しています。このまま野放しにしておけば警察やマスコミに訴えるなどの強硬手段に出る危険性まであるでしょう」

「その通りだ」

高泉が立ちあがり戸棚からウィスキーとグラスを取りだす。ウィスキーはボウモアの三十年ものだ。

「村野好美は我が〈ＮＲＧ〉にとって憂慮すべき危険人物なのだ。どうすればいい？」

高泉はボウモアの封を切りながら蓼科一花に顔を向ける。

「とにかく村野好美をあすか様に近づけない事が肝要です」

「あすかばかりではない。どの信者にも近づけてはならない。村野好美は危険人物だ。排除しなければならない」

近壮太郎と蓼科一花の顔が引き締まる。

「だが」

高泉がボウモアをみなのグラスに注ぐ。部屋の中にウィスキーがグラスに注がれるトクトクという音だけが響いている。最後に自分のグラスに注ぐ。

「やがて天罰が下るだろう」

「天罰……ですか？」

青木冴子が訊く。

「そうだ。聖母の母親がケガレたままでは神が許さない。天の霊気が村野好美に降り注ぎ村野好美というケガレが取り除かれる。園山暁に天罰が下ったように」

昼間が真っ先にグラスに口をつける。

「園山は〈新しい神のルール〉の教えに懐疑的な目を向けてしまった。その矢先の死だった」

「事故死だったと聞いていますが」

青木冴子は怪訝そうに言う。

「事故死か自殺か……。警察は断定していないが、いずれにしても天罰である事に変わりはない。〈新しい神のルール〉にあだなす者には必ず天罰が下る。そうだな？　近、蓼科」

近が「はい」と答えた。

（ファザーの視線がわたしに向きませんように）

蓼科一花は前に園山暁を殺している。

（もうあんな事は二度としたくない）

だが、そういうわけにはいかないのだろうか？

「一花。村野好美にも天罰が下ると思うか？」

人類が真の平和を手に入れるためには〈新しい神のルール〉の力が必要だ。いや〈新しい神のルール〉以外に世界平和を成し遂げるものは存在しない。ゆえに人類が真の平和を手に入れるために〈新しい神のルール〉に害をなす存在は、すべて消滅しなければならない。それが〝天罰〟なのだ。

「もちろん……下ると思います」

「事故死ですか？」

近が訊く。

「事故死か自殺か……。それは問わない。どんな形にしろ天罰が下る事が重要なのだ」

一花が園山暁を殺した時は駅のホームに立つ園山を電車が到着するタイミングを見計らって背後から押して線路に落とした。失敗した時は、すぐさま次の殺人を実行すべく近が控えていたが何度も練習した甲斐があって園山はホームに入ってきた急行電車に飛びこむ形になり即死した。

（あの時の手の感触……園山さんの背中と自分の手の感触は今でも鮮明に覚えている）

おぞましい記憶……。だが一花は、その行為を今では誇らしく思っている。

（人類のために貢献できたのだから）

戦争でも国のために人を殺す。そしてその殺人は賞賛される。天罰も同じ事だとファザーは教えてくれた。

自分は人類のために貢献した。そして何より〈新しい神のルール〉の力になれた事が嬉《うれ》しかった。

「一花。天罰はいつごろ下ると思う？」

「それは……」

蓼科一花が言《い》い淀《よど》む。

「私は三日以内に下ると思う。聖母大典の前にケリをつけなければいけないからな」

一花がゴクリと唾を飲みこんだ。

「私の予言は当たるのだ。そういえば私は園山暁の天罰も予言したな？」

「はい」

「はい」

近と一花が同時に返事をする。

「今度の予言も当たるはずだ。必ずな。それが〈新しい神のルール〉にとって必要な事なのだから」

みなが頷く。

「固めの杯だ。この話は、この部屋から外には出してはならない。人の運命に関わる事を話すのは神の意志に影響を及ぼすからだ」

「はい」

「神は視えない」

「神は視えない」

五人はグラスを掲げた。

23

渋谷区東《ひがし》にあるバロン広川《ひろかわ》のスタジオに呼ばれて硲京太郎は普段着であるアロハシャツとスラックスでカードマジックを披露していた。

五十代にさしかかっているバロン広川は二十年ほど前に超絶的なカードマジックで一世を風靡《ふうび》したマジシャンである。背が高くスマートなバロン広川は海外でも受けがよく国際マジック大会での優勝歴もある。一時は毎日のようにテレビ出演していた。

テレビへの出演ラッシュが落ちついてからも精力的なステージ活動をこなし今では押しも押されもしない日本マジック界の重鎮である。

「好きなところでストップしてください」

京太郎がバロン広川に指示を出すとバロン広川は、ほどなくカードを摘みあげる手を止めた。京太郎が一番上のカードをめくる。スペードの9だった。

「残りのカードを確認してください」

京太郎に言われてバロン広川が山積みになったカードを確認する。そのすべてが白紙になっていた。京太郎は一番上のカードをめくる以外、カードに触れていない。

「すばらしい」

バロン広川は京太郎のパフォーマンスを見終わると拍手をした。

「ありがとうございます。でも手が震えました」

「舞台恐怖症かね？」

「いえ。カードマジックの神と言われたバロンさんにカードをシャッフルしてもらったり引いたりしていただいたからです」

「そうか」

バロン広川は頷く。

「私から見ても見事なカード捌きだった。マジックの出来も私以上だよ」

「まさか」

「お世辞じゃない。私が君にお世辞を言う必要があるかね？」

「いえ……ありませんね」

バロン広川は頷いた。

「今度のコンテスト、君は充分に優勝を狙える位置にいる」

「バロンさんにそう言ってもらえると自信になります」

「本当の事だ。だが君は大勝負の舞台となると必ず失敗してきた」

　京太郎の顔が曇る。

「ジニアスにやられたトラウマから君は未《いま》だに抜けだせていない」

「今度のコンテストが最後のチャンスだと思っています」

「実際にそうだろう。この世界もそう甘くはないのだ。どんなに腕があろうと」

「ジニアス新井も腕は良かった」

「そうだ。あの男、マジックの腕は確かだった。あの男なら世界を獲れたと思う」

「世界を……」

「私はそう思っているよ。まず舞台に出ただけで目立っていた。周囲を圧倒するオーラに満ちていた」

　金髪で長髪。ド派手な衣装は異形とも言えた。

「テクニックも一流だった」

「金庫を破ったぐらいですからね」

「その通りだ」

　バロン広川は京太郎を指さして満足げに笑みを浮かべた。

「何より独創性があったよ。人とは違う感性の持ち主でね。ただ悪事を何とも思っていなかった。法律を破る事に何の痛みも感じていない男だった。人の痛みにもね」

「人の痛み……。だからでしょうか。新井はセクハラ常習者でもありました」

「何人もの若い女性が被害に遭っている。私は被害を受けた女性から相談を受けた事がある。あいつは異常性欲の変態だよ」

「女性と親しくなるのは得意だったと思います」

「最初はな。イケメンとはほど遠いご面相だが快活で話がうまくユーモアもある。女性に限らず人は寄ってくる。だが少し親しくなると本性を現す。人が不幸になろうが心が痛まない」

バロン広川はペットボトルの水を飲むと「一度、新井と一緒にテレビを観ていたら詐欺に遭って全財産を奪われた老女のニュースをやっていてね」と続けた。

「酷い話ですね」

「普通はそう思う。だが、あの男はそのニュースを見て笑っていたよ。〝これはマジックより簡単に金を稼げるな〟と言ってね」

「金を……」

「あの男はマジックよりも金が好きだったんだ。そして悪事を働く事を何とも思っていない。だから平気で金を盗んだ。事務所がどれほど迷惑するかもまるで考えていない」

「捕まってないですよね？」

「捕まっていない。所在も不明だ。あの男なら今ごろ名前を変えて詐欺師になっているかもしれないな」

「新井が詐欺師に……」

「倫理観も性欲も常軌を逸して異常だったがマジックの才能も異常だった。天才であり……一種の怪物だろう」

京太郎の脳裏に先日、テレビのワイドショーで見た一人の人物の顔が浮かんだ。どこかで見た顔だが思いだせなかった人物……。その人物に似ている気がした。

（まさかな）

京太郎は身震いした。

（そんな事があったら、それこそ究極のマジックだ）

そんな考えが頭を過ぎる。

「どうした？」

「あ、いえ」

京太郎は自分の妄想を頭から追い払った。

「とにかく次のコンテストです。強敵がたくさんいます」

「硲君。いちばん素晴らしいマジックは何だと思う？」

「いちばん素晴らしいマジック……。観客を驚かせるマジックですか？」

「ちがう。驚かせるのは基本だ。すべてのマジシャンは、まずそれを達成しなければならない。問題はその先だ」

京太郎には思い浮かばなかった。

「見る人の世界を変えるマジックだよ」

世界を変える……。

「その人が信じていた世界が根底から崩れ去るようなマジック。それがいちばん素晴らしいマジックだ」

「信じていた世界が……」

「根底から崩れ去るようなマジック。君たちには、それを期待している。そしてマジックの世界を変えてほしいんだ」

「全力を尽くします」

武者震いか怖《おそ》れか、京太郎の軀が震えた。

24

村野好美はパンプスを履いてこなかった事を後悔していた。

今日は〈週刊ワード〉の記者、羽田野範之と会う約束をしているのだ。あすかの事で精一杯で服装にまで、うまく気が回らなかった。

（場所は銀座だし、それなりの靴を選ぶべきだった。服は気に入っている青いノースリーブのフレアワンピースを着てきたのに）

　家を出る時に半ば無意識に選んだ靴は普段、営業で履いているヒールのほとんどないバレエシューズだった。営業で長い距離を歩いても疲れない靴を探して見つけたものだ。材質が柔らかく足に負担がかからない。靴底も滑らない仕様になっていた。

　引き返そうかとも思ったが、すでに駅までの道程の三分の一ほどは来ている。好美は歩きながらバッグから白いハンカチを出して額の汗を拭いた。

（しょうがない。このまま駅まで行こう。普段履き用にも対応できるようにフォルムもパンプスっぽく工夫されてるし）

　靴の色は黒。青のワンピースと合わなくもない。好美は強い日差しの照りつける駅までの道を歩き続けた。

（残された手は羽田野さんに協力を求める事しかないのよね）

　高泉劉幻に直接会っても埒《らち》が明かなかったし〈ＮＲＧ〉の幹部女性にも拒否された。笹本准教授と粟津原教授にも協力を断られた。〈脱出会〉も警察も力を貸してくれなかった。

　もう、どうしていいのか判らないと挫《くじ》けそうになった時に思いだしたのが羽田野から言われた〝助けが必要になったら、いつでも連絡してください〟という言葉だった。

（今がその時よ）

聖母大典まであと二週間……。それまでにどうやってあすかを取り返すか？　羽田野の言葉は打つ手がなくなった好美の、たった一つの希望に思えた。

自宅を出て七、八分も歩くと駅前の大通りに出た。脇の下にもジットリと汗が滲《にじ》み出《で》ている。

（帽子も被《かぶ》ってくればよかった）

真夏の強い日差しを避けるビル影は横断歩道の向こう側にしかなかった。

好美は手《て》庇《びさし》で歩行者用の赤信号をぼんやりと眺めながら羽田野にどう話を持ってゆくかの段取りを頭の中で確認する。営業先に向かう時にいつもやっている作業だった。

（まず自己紹介をして今までの経緯を要点をまとめて説明する）

信号が青に変わったので横断歩道を渡って駅に向かおうとした時にスマホの着信音が聞こえた。それが自分のスマホにかかってきた着信音だと気づくまでに二秒近くかかった。

好美は慌てて立ち止まりバッグからスマホを取りだして耳に当てた。

――モシモシ、村野さんですか？

――はい。

――羽田野です。すみません。実は急に調べたいことが見つかって今日は会えなくなってしまいました。

――ええ？

――申し訳ない。

――そんな……。そんなに急を要する調べものなんですか？

――判りません。ただ〈NRG〉について、もう一つ疑念が見つかって……。そうしたら、いても立ってもいられなくなってしまいまして。

――園山という人が殺されたかもしれないと仰ってましたけど、その他に？

――その他にです。〈NRG〉は、もう一人、殺してるかもしれないんですよ。

――ええ？

――注射器で毒物を注入されたんじゃないかと思っています。死因は熱中症ということで処理されているんですけど。しかもその時……


背中に衝撃を感じた。

好美の軀が車道に飛びだす。背中を押されたのだ。

すでに信号は赤に変わっていて右側から巨大な鉄の塊が好美に向かって高速で飛びこんでくる。トラックがスピードを落とさずに横断歩道を通過するのだ。

全身に鳥肌が立った。

（避けなければ）

好美の本能がそう脳に指令を発していた。

好美は前方に跳んだ。歩道側に戻る余裕はないと瞬間的に脳が判断していた。

（押された勢いを利用してトラックの前を横切り向こうの車線に逃れる）

それが好美の脳が判断した行動計画だったが同時に左側からもトラックが飛びこんでくるのが見えた。

顔面に衝撃を感じた。軀を押された時に前方に跳んでトラックからは逃れたものの車が走る反対車線に転がり出るのを防ぐために路面に手をついた拍子に勢い余って顔を強打したのだ。

痛みを堪えて顔をあげる。幸い反対車線に転がらずに道路の中央付近に伏せていた。通行する車との接触はない。

好美は自分を突き飛ばした人物がいると思われる辺りに目を遣《や》った。見覚えのある女性が好美を見つめて立っていた。

（あの女……）

〈神波会〉で見かけた女性だ。たしか名前は蓼科一花だった。蓼科一花が上着のポケットに手を入れた。

（注射器……）

羽田野が電話で言った言葉がよみがえる。

（捕まったら殺される）

ディスプレイが割れた自分のスマホが転がっているのが見えた。そのスマホを掴むと好美は立ちあがった。

（電車に乗るか駅の反対側にある交番に駆けこむか）

横断歩道の先……駅の手前に見覚えのある男が好美を見つめて立っている姿が見えた。やはり〈神波会〉で見かけた〈ＮＲＧ〉の近壮太郎だった。くすんだ色のベージュのチノパンと白いシャツを着た近も上着のポケットの辺りに手を入れた。

振り返ると横断歩道の信号が青に変わり蓼科一花が好美に向かって走ってくるのが見えた。前を見ると近も好美に向かって走ってくる。

（倒れたあたしを助けるフリをして注射器で薬物を注入される）

そう思えた。

好美は車道の中央線に沿って右方向に走りだした。好美の両脇を車が行き交う。車の間を縫うように好美は走る。クラクションが鳴り響く。

（どこかに警察は？）

そう思ったが好美の視界にはパトカーは見当たらない。

左車線の車は好美と同じ方向に走っている。少しでも左車線に入れば背後から撥《は》ねられる。

右車線の車は好美に向かって走ってくる。少しでも右車線に軀が傾けば向かってくる車と正面からぶつかる。

好美は視線を左側の歩道に走らせた。近が好美とほぼ同じスピードで走っている姿が目に入った。

右を見る。蓼科一花の姿は見えない。好美の速度に追いつけず後方に置いてゆかれているようだ。

（二人から逃れるためには次の横断歩道で右に渡るしかない）

そう判断した。左に行けば、あっと言う間に近に捕まる。右ならまだ逃げ延びる可能性がある。

前方に交差点があり黄色信号が点灯しているのが見えた。赤に変わる。好美と並行して走っている車群が速度を落とす。

（右に行くなら今）

好美は横断歩道にさしかかると速度を落として右に横断する。歩道の右手後方に蓼科一花が走っている姿が見えた。陸上で短距離を経験した事のある走りかただと好美は思った。

背後から右肩を摑まれた。

（近！）

近の走りは好美の想像以上に速かった。好美は本能的に速度を上げた。右肩から手は離れた。好美はさらに速度を上げる。

（捕まったら死ぬ）

押さえつけられ注射針を刺されたら即死……。その恐怖がアドレナリンの分泌を促すのか好美は右肩にかかった手を振りきった後も速度を落とさずに走り続ける事ができている。だが好美を追う近の足音も離れることなく追いかけてくる。

（人通りの多い場所に出られれば）

目撃者が増えれば近が好美を殺害する事は難しくなる。好美はそう望みを懸ける。だが人通りは減るばかりで今では視界に人影は見えない。

狭い路地を曲がった。行き止まりだった。十メートルほど先はツタに覆われた古びた雑居ビルが建ち道の両側も高いビルが並んでいる。どのビルも五階以上の階数に見える。ビルの前によじ登れそうなコンクリートの塀などはなく、ただ建物の壁だけが好美を拒絶するように三方に屹立《きつりつ》している。

好美は徐々に速度を落とした。荒い息をしながら正面の壁の手前で立ち止まる。背後の足音も止まった。

好美は振りむいた。近壮太郎が立っていた。近はジャケットのポケットに手を入れ何かを取りだした。近の大きな手のひらに包まれて何かは判らない。

（プラスティック製の使い捨て注射器だろうか）

後ずさろうとしたが背中が壁に当たった。近がゆっくりと好美に近づく。

好美は壁に向き直った。ツタは壁に植物を這《は》わせるための金属製のフェンスに沿って伸びていた。

息は上がり脚も疲れている。好美はツタの上からフェンスを摑んだ。そのままフェンスを頼りに壁を登り始める。近の慌てたような足音が迫ってくる。

好美が登る速度を速めようとしたとき右足を摑まれた。フェンスを摑んでいた好美の右手が離れかかる。好美は素早く左手に力を入れると思いきり足を引きあげ下に振り下ろす。

好美の足を摑んでいた手が離れる。好美は再び壁を登る速度を速める。

　下方から近が迫る気配がする。フェンスを頼りにグイと手に力を入れて軀を持ちあげフェンスの隙間に足をかけて軀を上方に進ませる。

顔をあげて上を見た。壁の上辺二メートルほどを残してフェンスが途切れていた。

（追いつかれる）

好美はさらに上に登りフェンスの上辺に右足をかけた。そのままジャンプして壁の上辺に手をかける。好美はフェンスを離れ両手だけを頼りに壁にぶら下がった。

足首を摑まれた。手に力を入れる。

右足首を引きずられる。好美は下を見た。下から吹く風にスカートがめくれ上がり、はためいている。はためいたスカートの隙間から好美を見上げている近の顔が見えた。

右足首を摑んでいる近の手を狙って左足を思いきり蹴りつける。

近が呻《うめ》き声《ごえ》をあげて好美の足を離した。その機を逃さずに好美は一気に軀を持ちあげ上辺に左足をかける。そのままさらに軀を持ちあげ屋上の縁に立った。

目の前には高さ一メートル五十センチほどの柵がある。何も考えずによじ登る。

柵の上辺に足をかけて飛び越え屋上に転げながら着地した。振り返ると屋上の端に近の手がかかるのが見えた。

好美は屋上を駆けだした。

前方右側にドアが見えた。階下と繋がるドアだ。好美はドアに向かった。背後から足音が迫る。好美はドアまで一直線に進みドアノブを摑んで回す。だが回らない。内側から鍵がかかっているのだ。

好美は再び反対側の柵をよじ登った。柵を飛び越えビルの縁に立つ。風が強く吹き好美の髪を靡《なび》かせる。さらに風が強まり好美のスカートを翻らせる。

好美のすぐ背後に近の息づかいが聞こえている。柵をよじ登っているようだ。

好美は隣のビルを見た。四階建てだ。好美が今立つビルの屋上よりも二階ほど低い。

好美は飛び降りた。

フワリと好美の軀が宙に浮いた。好美は羽のように両手を広げる。あっと言う間に隣のビルの屋上に着地して、そのまま回転する。柵の上辺に足をかけた近の驚いた顔が見える。

好美は向きを変えて飛び降りたビルの屋上を駆けだした。この屋上に柵やフェンスはない。ドアも見当たらない。

好美の前方に一筋の道が見えた。屋根の道だ。民家の屋根が延々と続いている。好美は走った。屋上の端まで走って跳んだ。空中で屋根を見た。思ったよりも遠い位置に屋根はあった。

着地した。足の下で瓦が割れる。屋根の勾配《こうばい》で軀が転がり屋根から落ちそうになるが踏みとどまった。

背後を見ると近が同じ屋根に飛び移ろうとビルの屋上からジャンプしているのが見えた。

好美は駆けだした。次の屋根に飛び移る。次の屋根の下に料理宅配業者のバイクが停まっているのが見えた。微《かす》かにエンジン音が聞こえる。

好美は次の平屋の屋根に飛び移り、さらに屋根から道路に飛び降りた。転ばずに着地した。エンジンがかかっているバイクに跨《またが》った。

「おい！」

玄関から出てきた配達員が驚いたような声をあげる。好美は「ちょっと借りるわ」と叫んで発車する。

三十メートルほど直進してT字路を左に曲がる。曲がる直前、バックミラーに立ちつくす配達員と近の姿が見えた。

25

雨模様の高速を抜けレクサスＬＳは川沿いの住宅街を走っていた。

雨はやんだかに思えたがフロントガラスにまた細かい水滴が落ち始めている。

高泉は後部座席に坐っている。その隣には昼間繁治。

運転席でステアリングを握っているのは蓼科一花。助手席には近壮太郎が坐る。

（これほど不快な気持ちになったのはいつ以来だろう？）

助手席に坐る近壮太郎が報告を行っている。

（園山の裏切りを知って以来か）

これまでは日々の生活を謳歌《おうか》し、そういう立場を勝ち取った自分に深く満足していた。

（金はいくらでも集まってくる）

高泉を神と崇《あが》める信者たちが、いくらでも金を貢いでくれる。布施、葬儀、ネット埋葬……。

宗教法人優遇税制によって様々な事業を低税率で運営できるのも旨《うま》みだ。物品販売、貸金業、不動産業、出版等々……。本業以外のそれらの事業によって〈ＮＲＧ〉に集まった金を個人で使う道筋は長い年月をかけて巧妙に確立されている。

（女も抱き放題だ）

しかも若くて飛びきりの美人ばかりを。菊原光希、青木冴子、蓼科一花、伊能エマ……。

（そして……）

脳裏に村野あすかの若い肢体が浮かびあがった。村野あすかから小島歌緒理の聖人昇格の打診があったが却下した。

（小島歌緒理が聖人など話にならない。だがその可能性を残していると思わせて小島歌緒理を便利に使う事もおもしろいか）

様々な策略が頭に浮かぶ。

（よくここまで昇ってきたものだ）

大学受験に失敗して以来、迷走を続けた。高校時代の成績は優秀だったが受験期にテレビで観たマジックに興味を持ち自分でも熱心に練習を重ねた事が勉強時間を削《そ》いだ。

素質があったのかマジックの腕は瞬く間に上達したが成績は伸び悩み希望の大学には受からずに偏差値ランクの低い大学に辛うじて入学した。入学後は柔道部に所属していたが部活にも熱が入らず、あろうことか同じ大学の女子学生を相手に強姦《ごうかん》事件を起こして大学を退学になった。

それ以降はセールスを中心に職を転々としていたがバーで働いている時に客に見せたマ

ジックの評判が良くマジシャンとして芸能事務所に入るに至った。

　結局、その事務所も退所する事になり次に目をつけたのが宗教団体だった。

「最後は村野好美を見失いました」

　近の声に現実に引き戻された。

「という事は村野好美に天罰は下らなかったのだな？」

「申し訳ありません」

　近が謝ると運転席の一花も「申し訳ございません」と重ねた。

（背後から突き飛ばす事に失敗した場合の二の矢も丁寧に伝受したというのに）

〈NRG〉の前身である〈虚ろ舟〉の教祖、安島七恵《やすじまななえ》を排除した時のことが思いだされる。狩猟民族が使う毒矢を研究しトリカブトの毒を使った毒針を拵《こしら》えてタイミングを見計らい人目のない真夏の往来で安島七恵の脇の下に突き刺した。

（教団を乗っ取るには、それがいちばん手っ取り早い方法だった）

　安島七恵は気を失い道端に倒れ真夏の日差しに焼かれて熱中症からの心筋梗塞《しんきんこうそく》で命を落とした。殺人と判断された場合も証拠がないため逮捕されない確信はあったが有利な事に死因は単なる心筋梗塞と診断された。罪悪感は感じなかった。

（当時と比べれば今は注射針も格段に進歩しているというのに近も一花も失敗するとは……。不愉快だ。その不愉快の根本原因を村野あすかの母親がもたらすとは）

村野好美の顔が浮かぶ。

（あの女……許してはおかない）

村野好美の顔がどこか不敵な面構《つらがま》えに思えた。

「近も一花もポーラタワーに住んで、もう長いだろう。ポーラタワーにも、そろそろ飽きたんじゃないか？」

「いえ、そのような事は」

「引っ越しを考えてもいい頃だ。あの部屋は一人暮らしには広すぎる」

有無を言わさぬ口調だった。

「狭い部屋に引っ越せばその分、経費もかからない。給料も今より下げるのが相応だろう。それに応じて階級も下がるべきだな」

「もう一度チャンスをください」

近にその言葉を言わせるために誘導した。造作もない事だった。

「村野好美には必ず天罰が下らなければならない。それは確かです」

近の上擦ったような声がレクサス内に響く。

「では、なぜ下らなかった？」

「それは……」

「彼女は思ったよりも身体能力が高く、さらに絶対に自分の娘を取り戻すという強い信念を持っています」

　一花が答える。

「ならば、なおさら天罰は下らなければならないな」

「必ず下ります」

　近が強い口調で言う。

「天罰が下る予定だった日、村野好美が誰と会う予定だったのか判るか？」

「判りません」

　好美がその日に誰と会うか把握しているに越した事はないが判らなくても別にかまわなかった。村野家の玄関脇に監視カメラを仕込んでいるので好美がいつ出かけるのかは判る。また好美が使う駅は一つしかないから待ちぶせする事も容易だ。

「その日のお前たちの行動は映像に残っているか？」

「駅前の監視カメラは事前に作動しないように細工をしておきましたから大丈夫です」

「通行車のドライブレコーダーがあるだろう」

「仮に撮られていたとしても私たちが道路に倒れた村野好美を助けようとしている動きにしか見えないと思います」

「道路で追いかけたのだろう？」

「わずかの間です。錯乱して車道を走りだした女性を助けようとした行動だと言い逃れはできます」

「他の場所は？」

「住宅街ですから監視カメラはないかと。人通りもありませんでした」

「村野好美は交番に駆けこんだだろうな」

「被害届を出そうとしても断られるでしょう。なにせ〝被害〟はありませんから」

「自慢げに言うな」

「すみません。私が言いたかったのは仮に村野好美が被害届を出そうとしても警察は受理しないだろうという事です。村野好美は相手が誰かも判っていないでしょう」

「村野好美は〈神波会〉に出席しているぞ」

「私や蓼科の顔まで覚えているか……。たとえ顔を覚えていたとしても名前までは」

「村野好美は遣《や》り手《て》の営業ウーマンだ。人の顔や名前を覚えるのは得意だろう」

「そうかもしれません。ただ村野好美が私や蓼科を認めたとしても、それを証明する手立てはないかと……。相手が特定できない訴えでは受理のしようがありません。娘を取り戻したい母親の妄言と受けとられるのがオチです」

「事件にはならないのですからネットニュースにあがる事もないでしょう」

　一花が言い添える。

「それなら良いが」

村野好美が今後、マスコミにでも持ちかけて騒ぎになれば厄介だが、そうならないうちに始末できれば問題ないだろう。だが問題が一度で片づかなかった事は腹立たしいし自分に楯突《たてつ》く村野好美も腹立たしい。

（腹いせだ。今夜はあすかを思いきり、いたぶってやろう）

　レクサスＬＳが速度を落とした。

「どうした？」

「人集《ひとだか》りができています」

　前方三十メートル程のところに二十人ほどの人が集まり川を見ている。傘もチラホラ開いていて車が通りにくくなっている。

「停めろ」

　レクサスは人集りの手前十メートル辺りで停車した。

「川に猫が落ちているようです」

「教祖。猫を救ってください。アピールするチャンスです」

　昼間に言われると高泉は頷き車を降りた。

　水嵩《みずかさ》の増した川の中程に小さな中州……陸地があり、そこに茶虎の子猫が取り残されて、か細い鳴き声をあげている。おそらく川に落ちて流され、なんとか陸地に避難したのだろう。だが雨足がまた強まり始めているので陸地も水面下に沈むのは時間の問題だと思われた。

川幅は四メートルほど。水面までは道路から二メートルほどありそうだ。

高泉は人集りを掻《か》き分《わ》けて川の縁に来た。左手……上流の方向五メートルほどの川の護《ご》岸壁《がんぺき》に鉄製の梯子《はしご》が設置されている。

（水深は今は五〇センチほどか）

高泉はそう値踏みすると梯子まで歩き川に背を向けて降り始めた。

集まっていた人たちが高泉の行動に気づく。

高泉は川面《かわも》まで降りきるとスーツが濡《ぬ》れるのも厭《いと》わず猫が取り残されている陸地に向かって川の中を歩き始める。

「がんばれ」

高泉が猫を助けようとしている事に気づいた男性が声をかける。

「がんばれ」

別の誰かも声をかける。声に驚いて猫が水流に飛びこむ事を怖れた高泉は人集りに向かって静かにするように手で合図を送る。

高泉は猫に手が届く位置まで近づいた。子猫も高泉に気づき威嚇するような鳴き声をあげる。

高泉は腰を下ろした。子猫はなおも威嚇の声をあげ続ける。高泉は頬笑みを浮かべて子猫を見つめる。子猫の威嚇の鳴き声は徐々に弱くなる。

高泉は手のひらを上にして、ゆっくりと子猫に手を差しのべる。人集りも固唾《かたず》を呑んで高泉の行動を見守っている。

子猫の威嚇が止んだ。子猫は高泉の手を見たり辺りを見回したりしていたが、やがて高泉の手に向かって前足を伸ばした。高泉が素早く両手を伸ばして子猫を抱きかかえた。拍手が湧き起こった。高泉は子猫を左腕に抱きかかえたまま立ちあがると梯子まで戻り登り始めた。

多くの人がスマホのカメラでその様子を写している。一部始終を動画撮影していた人もいるようだ。

高泉は梯子を登りきり川縁に立った。その腕の中では子猫が不安げな鳴き声をあげている。

「高泉劉幻先生」

車から降りた近が声をかける。

「おズボンが汚れています」

「かまわないよ。小さな命を救えたのだから」

拍手は一層、強くなった。

26

好美は池袋東口正面にある〈耕路《こうろ》〉という喫茶店で羽田野と会っていた。

好美はオレンジジュース、羽田野はフルーツケーキとアイスコーヒーを頼んでいる。

「羽田野さんのお陰です。羽田野さんが電話で〝注射器で薬物を注入した可能性がある〟と教えてくれたから逃げる事ができたんです」

「力になれたならいいんですが」

羽田野はフルーツケーキを頬張《ほおば》る。

「それで村野さん、警察は何と？」

〈ＮＲＧ〉の信者と思しき男女二人に命を狙われ、やっとの思いで逃げきり、そのまま目についた交番に駆けこんだ。その経緯を好美は羽田野に話した。

「相手にしてくれませんでした」

「え？」

「話は聞いてくれたんですけど、それだけです。被害届は出すなと言われて」

「どうして？」

「あたしを突き飛ばした人物が誰かも判っていないんです。背中からなのであたしは相手の顔を見ていませんし警察としても証明のしようがない。それに本当に突き飛ばされたのかとも言われました。目眩《めまい》で、よろめいてぶつかっただけの可能性もあると。その日は熱中症も数多く出てましたから」

「要は事件にするのが面倒なんでしょうね」

「それに突き飛ばした相手も、あたしを追いかけてきた相手も〝たぶん〈ＮＲＧ〉の人だと思う〟程度ですから〈ＮＲＧ〉と確実に結びつける事は難しいんです」

「残念ですね。いや残念で済ましていい話ではありませんね。命を狙われたんですから」

「〈ＮＲＧ〉は園山さんの他にも殺人を犯しているかもしれないって仰いましたよね。そのことを教えていただけますか？」

「殺された……と僕が考えているのは当時、五十六歳だった安島七恵という女性です。〈虚ろ舟〉という小さな新興宗教の教祖です」

「ウツロブネ……」

「〝虚ろな舟〟と書いてウツロブネ。〈ＮＲＧ〉は、もともと〈虚ろ舟〉っていう小さな新興宗教だったんです。その〈虚ろ舟〉に高泉劉幻がいたんですよ」

羽田野はアイスコーヒーを一口飲む。

「この〈虚ろ舟〉には、いま高泉のおつきの者をやっている昼間もいたんです」

「二人はそんな頃からの知りあいだったんですね」

「信頼関係は厚い、という事です」

好美は頷く。

「その〈虚ろ舟〉の教祖が亡くなるんですね？」

「ええ。死因は熱中症からの心筋梗塞でした」

「心筋梗塞……」

「人間、最後の死因は心不全か心筋梗塞などが大半です。熱中症なども心筋梗塞を引き起こして死に至る場合がありますからね。安島七恵もそのパターンだと判断されたようです」

「たしかに最後は心不全か心筋梗塞ですね」

「それだけに心筋梗塞に見せかければ、ごまかしやすい……。あくまで僕の想像ですが」

羽田野は先ほどからフルーツケーキをパクついている。好美はオレンジジュースに手をつけていない。

「安島七恵は高泉から何らかの毒物を注入されて死んだと僕は睨んでいます」

「根拠はあるんですか？」

「路上で突然倒れたんですよ。それまでは、いたって健康な状態でした」

「まさに突然死ですね」

「ええ。通りかかった人の証言では安島七恵は胸の痛みと嘔吐《おうと》の症状があったそうです。

八月でしたから本当に熱中症の疑いもあるでしょう。でも他にも死因は考えられると思っています」

「それは？」

「トリカブトです。トリカブトによる死は、しばしば心筋梗塞と診断されているんです。症状が似ているから」

「じゃあ、安島七恵さんは高泉に注射器のような物でトリカブトの毒物を注射されたと？」

「あくまで僕の想像ですよ。でもトリカブトは毒矢にも使われている毒物ですから注射器のような物に仕込んで射《さ》す殺害方法も当然、考えられます」

好美は蓼科一花や近壮太郎の手の動きを思いだしてゾッとした。

「〈虚ろ舟〉では教祖の安島七恵が亡くなる直前に教団ナンバー2だった江本《えもと》茂《しげる》という男が失踪してるんですよ」

「失踪？」

「そうです。つまり教団のナンバー2、ナンバー1が相次いでいなくなった」

「高泉はその機に乗じて一気にのしあがったんですね」

「そうなりますね。実は〈虚ろ舟〉の時には高泉は昼間よりも序列が下だったんです」

「そうなんですか？」

「ええ。ところが安島七恵が死ぬと高泉が〈虚ろ舟〉を乗っ取る形で〈新しい神のルール〉を立ちあげて一気にトップの座についてしまったんです」

「下克上ですね」

「まさに下克上です」

「昼間は高泉の悪行を知ってるんでしょうか？」

「それは判りません。すべては僕の想像ですから。ですが園山暁が亡くなった経緯を考えると、この想像は、あながち見当違いでもないと思えてきます」

好美は神妙な顔で頷いた。

「あたしは追いかけられましたから羽田野さんの推測が正しいと直感できます」

「そうですよね。村野さんは襲われたんですもんね。だからこそ〈NRG〉の悪行を確信できる」

「はい。でも四面楚歌《しめんそか》で」

「だったら私が何とかしましょう……と言っても微力ですが」

「そう言っていただけるだけでも、ありがたいです」

「とりあえず気になったのは〈NRG〉が……村野さんを襲ったのが〈NRG〉だとしての話ですが」

「違うと思いますか？」

「いえ〈ＮＲＧ〉で間違いないと思います。人を襲う輩《やから》がそうそういるとは思えませんからね。ただ証明されていないので仮定の話としています」

好美は頷いた。

「どうして〈ＮＲＧ〉は村野さんの動向を摑んだのかという事です。〈ＮＲＧ〉は村野さんがその日、駅前に現れる事を知っていた。なぜでしょう？」

「さあ……。見張っていたとか？　あるいは駅前で待ちぶせしていたのかしら？」

「家を出る時に見張られていた気配はしましたか？」

「いえ……しませんでした。人通りのない住宅街ですから誰かいればすぐに判ると思います」

「一日中、駅前で待ちぶせするのも効率が悪いと思いますよ」

「だったらどうやって？」

「村野さんの家の玄関かその近くに監視カメラを仕掛けられているかもしれませんね」

「ええ？」

「そうであれば〈ＮＲＧ〉側はスマホでも村野さんが出かける事を確認できますから駅近くの喫茶店で待機していて村野さんを待ちぶせする事も容易になります」

「そんな……。そこまでするでしょうか？」

「〈ＮＲＧ〉が、かつて自分たちに都合の悪い人間を殺害した事を忘れてはいけません。

もっとも証拠はありませんが」

羽田野の説明は好美の腑に落ちた。

「その証拠を見つける事も今度のキャンペーンの目的なんです」

羽田野はアイスコーヒーに手を伸ばした。一通り話して喉が渇いた好美もオレンジジュースに手を伸ばす。

「うちとしても、このキャンペーンは背水の陣で臨む覚悟です。あ、ボク個人的にはね。社内的には、これから編集長に承諾を得なくてはなりませんけど」

「お願いいたします」

好美は頭を下げる。

「それで羽田野さん。キャンペーンは次の号からですか？」

「いえ。準備に数ヶ月はかかると思いますけど」

好美は顔を曇らせた。

「我が社は経営難で、いつ潰れてもおかしくはないんです。会社は別のキャンペーン企画に社運を賭けていますけど僕の感触では〈ＮＲＧ〉の糾弾記事の方がインパクトがある。社の再建に繋がると思っています。だから丁寧にやりたいんですよ」

「娘はあと二週間以内に取り戻さないといけないんです」

好美は理由を説明した。

「それに間に合うようにキャンペーンを始めて娘を助けだす事はできますか？」

「そんなマジシャンのような真似《まね》はできませんよ。とても無理です。仮に今すぐキャンペーンを始めたとしても、それはあくまで〈ＮＲＧ〉を糾弾するキャンペーンですから、そこからお嬢さんを救いだすとなったら我々の仕事ではありません」

「それは……そうですよね」

「申し訳ないんですが、そういう事です。あくまで村野さんのやる事の援護射撃になれば……。そういうつもりです」

好美は頷いた。

「キャンペーン、ぜひ成功させてください」

好美は一礼すると席を立った。

27

京太郎は食事を終えると冷蔵庫から缶ビールを取りだしてグラスに注いだ。

一口飲むと立ちあがって書棚から芸能事務所〈貴《き》家《か》企画〉で撮った古い集合写真を探しだした。

（これだ）

食卓に戻ってじっくりと見る。社長や専務、社員たちと京太郎を始め所属タレントが数人、写っている。

（いた）

後段、向かって左端にジニアス新井……新井康則は写っていた。

（〈新しい神のルール〉の教祖である高泉劉幻が行ってきた数々の奇跡は新井なら簡単に起こせるものだ）

それを確かめるために京太郎はアマゾンで取り寄せた数年前の週刊誌を開いた。この週刊誌に〈新しい神のルール〉の特集記事が組まれているのだ。そこに教団メンバーの写真も掲載されていた。

（やっぱり、この男は）

京太郎は週刊誌の写真に見入る。

（金髪を黒髪に、それも長髪から短髪に変えて服装も変えれば……）

間違いない。

（ジニアス新井は名前を変えて新興宗教教団〈新しい神のルール〉に君臨している）

京太郎はざわついた気持ちでビールを飲みほした。

*

池袋西口のシティーホテルにチェックインした後、好美は東武《とうぶ》デパートのレストラン街で食事をしていた。

自宅は危ないという羽田野の助言に沿っての行動だった。好美の自宅玄関、あるいは自宅近辺に監視カメラが仕掛けられているかどうかは羽田野が調べると言ってくれた。これは〈週刊ワード〉のキャンペーンの取材だから礼には及ばないとも。

（ありがたいけど……）

いったいこの先、どうしたらいいのか。

頼みの綱に思えた羽田野は好意的ではあったし〈ＮＲＧ〉糾弾のために動くと言ってくれたが〝あすかを連れ戻す〟という目的には時間的に間に合わない。

仕掛けられた監視カメラが見つかれば被害届を出して警察に頼る事はできるかもしれないが監視カメラと〈ＮＲＧ〉を結びつけるものは見つからないだろう。

（〈ＮＲＧ〉は過去に人を殺している。そして今あたしまで殺そうとした）

その事をあすかに知らせたい。あすかに知らせて、あすかの目を醒ましたい。

（でも無理。あすかは教祖を信じきっている。高泉劉幻は善人で人類を救う力を持ってい

ると）

時間をかけている余裕もない。〈週刊ワード〉の一年がかりのキャンペーンを待っている余裕もないのだ。あと二週間で、あすかは〈NRG〉の〝聖母〟となって高泉劉幻の子を孕《はら》ませられる。

考えると気が狂いそうだった。

そもそも〈週刊ワード〉のキャンペーンが功を奏する保証はどこにもない。それどころか羽田野の勤務先の出版社は経営難で倒産の危機があると言っていた。会社自体がキャンペーンまで持たないかもしれない。羽田野の動きを摑んだ〈NRG〉が〈週刊ワード〉を潰しにかかる可能性まであるだろう。

（いったいどうすれば……）

好美は途方に暮れた。

（魔法でも使えればいいのに）

魔法で一瞬のうちにあすかの目を醒ます。

（そんな事ができるわけがない）

羽田野も〝そんなマジシャンのような真似はできませんよ〟と言っていたではないか。

マジシャン……。好美の脳裏に一人の男の顔が浮かんだ。好美が面識のある唯一のマジシャン、硲京太郎の顔が。

（あの時は悪い事をした）

硲京太郎のマジシャン人生にとって大事なテレビ出演を無視してしまった。

（出来や評判、反応はどうだったのかしら？）

実力はピカイチなのに肝心な時に腕が震えてパフォーマンスを失敗してしまう。かつて同じ事務所の同僚マジシャンに罠《わな》を仕掛けられた事がトラウマになっていると聞いた。

（今回のテレビ出演は挽回《ばんかい》のチャンスだと言っていたのに）

今の今まで、まったく忘れていた。いつもは営業に熱心な好美が営業の事をすっかり忘れて走り回っていた。

（それどころじゃなかった）

あすかを救いだす事で頭がいっぱいだった。それも万策尽きた。

マジシャンなら一瞬のうちに解決してくれるのだろうか？　硲京太郎なら、こんな難問も瞬時に解決できるのだろうか？

（馬鹿馬鹿しい）

好美は頭に浮かんだ考えを振り払った。

（マジシャンが見せるマジックには、みんなタネがある。事前に仕掛けを準備しておく。トリックがある。実際に魔法が使えるわけじゃない）

それは判っているが〝不可能を可能にするのがマジックです〟という硲京太郎の決めゼ

リフが頭に甦る。

好美は裕京太郎から食事に誘われた事がある。

(あれは、どういうつもりだったのかしら?)

保険の相談に乗った事に対する単なる社交辞令……好美はそう判断して気を遣わせては悪いと思って断った。

(ビジネス以外の意味はないわよね。あたしは十二も年上なんだから。裕さんは、あたしが独身だって事を知ってはいるけれど)

だがその誘いは嬉しくてその後、何度も思い返していた。

「コーヒーのお代わりをお持ちしましょうか?」

ウェイトレスが好美に尋ねる。

「いえ。けっこうです」

少しだけ残っていたコーヒーを飲みほすと好美は立ちあがった。

28

本堂の隣に建てられている二階建てのスタッフ棟の屋上に菊原光希は来ていた。

階下からは信者たちが唱える〝神は視えない、神は視えない〟というマントラが響いてくる。

屋上の中程に設《しつら》えたパラソルによって強い日差しが遮られた丸テーブルで光希はお気に入りのカクテル、ブルーハワイのグラスを手に取り一口飲んだ。

低山の上にあるこの建物の屋上から見える景色は周囲の青々とした山々を一望できて光希のお気に入りの場所だった。

（この景色を見ていると心が洗われる）

昨日は自分を差しおいて村野あすかが聖母に選ばれた事に対してファザーに問《と》い質《ただ》してしまったが納得した。

人を救う……それが〈ＮＲＧ〉信者としての、そして教団ナンバー2の地位にいる自分が神から与えられた役割だと心得ている。

（わたしも救われたんだもの。今度はわたしが救う番）

光希の人生は恐怖に縛られていた。

光希の父親は平気で妻……光希の母親を殴る男だった。その光景を思いだすだけで軀が震えてくる。

自分の妻を口汚く罵《ののし》り怒鳴り殴る。顔を拳で思いきり殴るのはまだマシな方で手近にあったものを摑んで頭を力任せに殴りつけるのが日常茶飯事だった。

光希もその暴力から逃れる事はできなかった。当然、殴られれば血だらけになる。顔面を思いきり殴られたときに口から出血して止まらなくなり洗面器一杯に血が溜まった事がある。その時は同じく血だらけになった母親が光希を背負って病院まで運んでくれた。

母親は光希が成人するまで夫に殴られ続け鬱病を患い衰弱死した。その時も父親は自分が原因だとは思っていなかった。妻や娘に暴力を振るった事に罪悪感をまったく感じていなかった。

そんな地獄のような生活から救ってくれたのが〈新しい神のルール〉だった。光希は地獄のような家から出たい一心で〈ＮＲＧ〉の活動にすべてを捧《ささ》げた。その甲斐あって認められ、すぐに天堂で暮らすようになった。

（夢のようだ）

暴力が吹き荒れる地獄のような家から脱出できたのだ。今は山々を眺めながらブルーハワイを飲んでいる。

（ここには、わたしと同じような仲間が大勢いる。みんな親よりも家族よりも素晴らしい仲間よ）

グラスを口に運ぼうとしたとき「菊原さん」と声をかけられた。振りむくと聖母用の制服に身を包んだ村野あすかが立っていた。

（彼女も救われた一人）

光希は頰笑むと「坐って」と促した。あすかは光希の正面に坐った。

「何が飲みたい？」

光希が訊くとあすかは小さな声で「烏龍《ウーロン》茶を」と答えた。光希はスマホで注文を告げる。

「集中力を高める成分を配合してある烏龍茶を頼んだわ」

その成分が違法薬物である事はまだあすかには言わない方がいいだろう。そう判断すると光希はストローに口を運ぶ。

「村野さん。あなたの人生は恐怖にまみれていたわけじゃない。でもそれは、あなたが気がついていなかっただけ」

「はい。今では判っています」

光希は満足げに頷く。

「親がどれほどエゴにまみれた存在か。今日はそのことを学習しましょう」

屋上には蟬の声が響き渡っている。

29

硲京太郎は世田谷区砧《きぬた》にある自宅賃貸マンションを気に入っていた。

築年数は二十二年と年季が入っているが手入れがいいのか外観、内装とも綺麗に保たれている。小田急線祖師ヶ谷《そしがや》大蔵《おおくら》駅から歩いて八分程と生活にも便利だし近くに大きな公園もある。

（だけど……）

そろそろ引っ越しを考えてもいいのかもしれない。そうも思い始めていた。家賃が安かったのも今のマンションの魅力だったが、それはセキュリティシステムが万全ではない事の見返りでもあった。

（今度はオートロックのマンションに住みたい。できれば分譲の）

十八歳の時に名古屋から上京して中野の安アパートに住んだ。それから三年程で引っ越したから今のマンションには七年住んでいる事になる。

——一発、儲けましょうや。

リビングに設置されているディスプレイに映る吉川啓祐《よしかわけいすけ》が京太郎をけしかける。

吉川啓祐は三十八歳になる京浜テレビの中堅ディレクターである。背はさほど高くないが横幅があるせいか大柄に見える。

今日は二週間後に収録される〈マジシャンズ・11〉のリモート打合せを行っている。京太郎は夕飯を終え今は七時を回っている。

——君にはスター性がある。実力もピカイチや。正直言って硲君、本命は君と香西《こうざい》ルミの二人だと思ってるよ。

——ホントですか？

——他にいないよ。バロンさんだってそう言ってたでしょう。

——有力候補の一人だとは仰っていただきましたが。

——二者択一だよ。硲君と香西ルミの事実上の一騎打ち。

——ＫＯＵＨＥＩはどうして十一人に選ばれなかったんですか？　腕はピカイチだと思いますけど。

　ＫＯＵＨＥＩは〝五人が任意に選んだ五つの二桁の数字を掛け合わせて十桁の数字を作り、予《あらかじ》め街で撮影したパネルに寸分違わずその数字が書かれている〟というマジックで観客たちを驚かせていた。

——まだ出禁だよ。

　ＫＯＵＨＥＩは三年前の京浜テレビのマジック番組で番組スポンサーであるホクトビールの〈一番星〉を空中から出すパフォーマンスを予定していた。ところがＫＯＵＨＥＩは生番組の本番でホクトビールのライバル会社であるコスモビールの〈ビッグコスモ〉を取りだし、うまそうに飲んでしまった。

――本人が反省してればまだ良かった。怒られた後に自分のツイッターに〝京浜テレビは狭量だ〟って書いたから社長が激怒。永久出禁ですわ。

――もう三年前の話です。そろそろ出禁を解いたらどうですか?

――上が決める事ですわ。僕にはどうにもならん。裕君にとってはライバルが一人減ってチャンスだよ。

――勝てるかどうかは判りませんよ。

――もちろんです。勝負は時の運。今回の企画はガチンコやからね。それだけに優勝すれば価値が高い。君は過去に大事な時に限ってしくじってきたけれど今度こそものにするんや。この番組からスターが出れば局としても大助かりなんだよ。

――スター性で言うと香西ルミでしょうね。

赤いレオタード姿で舞台に立つ香西ルミは、それだけで映える。

――そんな控えめな事でどうするの、裕君。スター性では君も負けてないよ。イケメンだしね。女性ファンの心をグッと摑むのは君の方や。

――あくまでマジックの出来がすべてです。

――真面目だねえ、君は。

――スター性とは相反しますか？

――そんな事はない。君には華がある。奇跡を起こすんじゃないかと思わせるオーラがある。この業界で数多くのスター候補生を見てきた僕が言うんやから間違いないよ。君にも香西ルミにも、それがある。いっそのこと二人とも売りだすか。

チャイムの音がした。京太郎は吉川に断りインターフォンまで歩くとディスプレイを覗《のぞ》いた。一人のワンピース姿の女性の姿が映っている。京太郎はインターフォンの通話ボタンを押した。

――コスモ生命の村野です。硲さん。折り入って、お話ししたい事があるんです。

――こんな時間に？

――すみません。

――申し訳ありませんが、いま仕事中ですので日を改めていただけませんか？

――お願いします。切羽詰まっているんです。

――残念ですが保険のノルマなら、お力になれません。あなたは僕の大事なテレビ初出演の日も知らんぷりだった。それをノルマがかかった時だけ……。

――保険の頼みではありません。

――え？

――娘を取り戻してほしいんです。

京太郎は一瞬、言葉に詰まった。

――どういう事ですか？

――説明しますので中に入れてもらえませんか？

京太郎は少し考えてから「わかりました」と応えディスプレイの中の吉川に事情を説明した。

――それじゃあ打合せはおしまいですな。

――すみません。明日、局にお伺いいたします。

京太郎はオフボタンに手を伸ばす。

——大丈夫です。

——あ、裕君。ここまで来てスキャンダルは御法度《ごはっと》でっせ。

京太郎は笑みを浮かべて通信を切ると玄関まで行き村野好美を迎えいれた。

「お坐りください」

好美は遠慮がちに京太郎の正面に坐った。

「実は、あたしの娘がカルト教団に入信してしまったんです。そして聖母に選ばれてしまったんです」

「セーボ？」

「聖なる母。教団の跡継ぎを産む役目です」

京太郎は一瞬、言葉に詰まったが程なく「お嬢さんは、おいくつでしたっけ？」と続けた。

「高校三年です」

「高校生……」

「はい。正式に聖母になる期日が二週間後に迫っています。二週間後に聖母大典という儀式が行われて、そこで正式に聖母になってしまうんです。それで、なんとか硲さんに救いだしてもらえないかと」

「どうして僕が……」

「頼る人がもう硲さんしかいないんです」

「警察に頼んだらどうですか？」

「もう頼みました。でも相手にしてくれませんでした」

「懇切丁寧に説明すれば……」

「それでは間に合わないんです。聖母大典が二週間後に」

「僕も一緒ですよ」

「え？」

「今後二週間、人生を賭けたコンテストのリハーサルに専念する時なんです。これからの二週間は一日も無駄にできません。僕の人生が懸かっているし全力を尽くさなければテレビ局にも、そして、お世話になった人たちにも迷惑をかけてしまう」

「重々承知しています」

「だったら諦めてください。村野さんがお気の毒な立場にいる事は理解しますけど警察以外にも頼るところはあるでしょう。カルトからの脱会を支援してる団体とか」

「真っ先に行きました。脱出会という団体です。でも時間的に間に合わないんです。カルトに詳しい笹本さんという心理学者の人にも相談しました。面識がありましたので。でも断られました。物理学者の粟津原先生にもお願いしましたけど断られました」

「高校生で教団の跡継ぎを産む……。親としたら耐えられないでしょう。でも信仰は自由なんじゃないですか？」

「ただの教団じゃありません。カルト教団です。過去に人も殺しています」

「人を殺してるって……。それが本当ならニュースになってるでしょう」

「まだ警察も摑んでいない情報なんです」

「だったらガセネタだ」

「あたし自身も狙われたんです」

「村野さんが？」

「はい。九死に一生を得ました。警察に言いましたが相手にしてくれませんでした」

「そんな事が……。でも僕には荷が重すぎますよ」

「硲さんは奇跡を起こせる人です」

「奇跡？」

「はい。硲さん、いつも言ってますよね。〝不可能を可能にするのがマジックです〟って」

「そうですけど……」

京太郎は顔を顰《しか》める。

「奇跡を見せてほしいんです」

「そのカルト教団が人を殺してるということは関わったら僕だって殺されるかもしれない」

好美はハッとしたように口を開けた。

「ですよね」

好美は項垂れた。

「あたし、娘の事で頭が一杯で他の人の迷惑なんて考えてませんでした」

「気持ちは判ります。でも」

「はい。たしかに〈ＮＲＧ〉と硲さんは何の関係もないんですよね。それなのに」

「〈ＮＲＧ〉？」

「〈新しい神のルール〉です」

「お嬢さんが入信したというのは〈ＮＲＧ〉……〈新しい神のルール〉だったんですか」

「そうです」

京太郎は絶句した。

「どうしたんですか？」

「僕のトラウマの原因となった男が〈新しい神のルール〉にいるんです」

「え？」

「しかもその男は……」

京太郎は事情を好美に説明した。

「マジシャンだったんですね。だから奇跡を行えた」

「そうです」

「お願いします！」

好美は再び頭を下げた。

「裕さんならインチキを暴いてあすかを……娘を取り戻す事ができます」

「それは無理です」

「どうしてですか？」

「マジシャンなら主催者が舞台を調えてくれます。でも教団が舞台を調えてくれますか？　僕は、どうやって舞台に立てばいいんですか？」

「それは……」

「そこには、お嬢さんもいなければならない。しかも事前準備もできない。仮に事前に準備されたステージに立てたとしても、お嬢さんが教団を信じきっていたら、その心を一瞬で変える事はできません。それこそ脱出会の人が何ヶ月も、時には何年もかかってやる仕事でしょう」

京太郎の言っている事は正論だ。反論の余地はない。

（でも……）

諦めるわけにはいかない。

「それを一瞬でやるのがマジックでしょう」

言葉が出た。

「お願いです。奇跡を見せてください。トラウマを乗りこえなきゃコンテストの優勝もないんじゃないですか？　そのトラウマを乗りこえなくていいんですか？」

好美の目に涙が溜まって零れ落ちた。

「娘を助けたいんです」

好美は涙を流したまま京太郎を見つめる。

「奇跡を見せる……」

京太郎は目を伏せた。

「新井を野放しにはできないか」

好美の目が見開かれる。

「新井は事務所の金を持ち逃げして捕まっていない。決着はつけないと」

「あの……」

京太郎は顔をあげた。

「事件そのものは時効かもしれない。でも僕のトラウマは時効じゃない」

京太郎は電話で京浜テレビの吉川を呼びだした。

——硲さん、何か言い忘れた事でもありますか？

——〈マジシャンズ・11〉ですけど僕の代わりにＫＯＵＨＥＩを出していただくわけにはいきませんか？

好美の見開かれた目がさらに大きくなった。

——はい？

——すみません。僕は都合で出られなくなってしまったんです。

——はあ？

——申し訳ありません。

京太郎はスマホを持ちながら何度も頭を下げた。好美は京太郎に頭を下げていた。

30

小さな部屋だった。

〈NRG〉本部スタッフ棟の二階の奥の部屋に青木冴子はタブレットと緑茶のペットボトルを持って入った。

「ようこそ〈イーグルリサーチ〉に」

部屋の中には近壮太郎と蓼科一花が待っていた。

およそ七平米強……四畳半程の洋間の中央に大きなステンレス製の長方形のデスクと椅子が四つ置かれている。

「ここが〈イーグルリサーチ〉なの？」

「登録された本社は都内にありますが実質的にはここが本社ですよ」

そう言うと近は笑みを浮かべる。

「そして〈NRG〉影の執行部でもある」

青木冴子は怪訝そうな顔をする。

「まあ坐って」

近に促されて青木冴子は近と一花の正面に坐った。

「メモを取るならタブレットではなくこれを使ってください」

近がデスクの引出からノートとボールペンを出して青木冴子に渡した。近と一花の前には予めノートとボールペンが置かれている。

「〈イーグルリサーチ〉に関する記録がネットに流出するのを防ぐためです。それほど重要な任務を我々は負っているんです」

近の顔から笑みが消えた。

「それほど重要な任務を負っている部署なのに人員が二人しかいない。本来は三人で運営する機関ですが一人欠員が出ましたからね」

園山暁……。

（園山さんは、あの日、わたしに何を言いたかったのかしら？）

園山は青木冴子が〈ＮＲＧ〉の中で最も親しくしていた信者だった。二人連れだって施設内の庭園を散歩して語りあった。

（いつ交際を申しこんでくれるんだろう？）

そう思い始めた矢先に園山は事故死した。事故死する直前に冴子に対して何か言いたそうにしていた園山の様子が思いだされる。

（ついに告白されるのかと思ったけど……）

それにしては沈んだ様子だったのだ。

「青木さん？」

「あ、はい」

「一人欠員が出た。そこでファザーは青木さんを〈イーグルリサーチ〉の新しい社員に抜擢したわけです。青木さん。あなたのファザーへの忠誠心は本物ですか？」

「もちろんです」

「それでこそ〈イーグルリサーチ〉の社員です。だからファザーはあなたを選んだ。園山のような弱い者でなく強い青木さんを」

「光栄です……が、園山さんが弱い？」

「そうです。だからこそ天罰が下った」

「弱いという事は悪い事ですか？　天罰が下るほど」

「弱さから悪の道に足を踏みいれてしまったんです。教団の不利になるような秘密を世間に暴露しようとしたんですよ。だから天罰が下った。天罰を下したのは我々です」

近がまっすぐに青木冴子を見つめてくる。

「どういう意味？」

「言った通りの意味です。我々が園山暁に天罰を下した。その結果、園山は死亡した」

「それはつまり……」

「我々が事故に見せかけて手を下したんです」

　青木冴子は息を呑んだ。

「嘘でしょ」

「本当です。〈イーグルリサーチ〉は、このような仕事を請けおっているんですよ」

「青木さんも今日から、その仲間に加わったのよ」

　一花が口を挟んだ。

「でも……」

　冴子は混乱した。

「そんな事が」

「世界平和実現のためです」

　近の口調に迷いはなかった。一花の顔にも迷いは感じられない。

「その崇高な仕事に青木さんを迎える事ができて我々も嬉しいしファザーも喜んでいます」

「〈イーグルリサーチ〉はファザーのために働いているのよ。事前調査とか」

「事前調査？」

「そう。入信希望者の過去を調査する仕事」

　冴子の頭の中で様々な思考が渦巻く。その渦がやがて一本の淀んだ流れに収束してゆく。

「まさか……ファザーが行う透視のこと？」

「そう。透視のための事前調査です」

「それって」

「ファザーの御力の手助けをするのが我々の仕事です」

青木冴子が何かを言おうとしたとき一花が「ファザーの御力はご存じでしょう？」と訊いた。

「もちろん」

「我々はその御力の手助けをするんですよ。それが〈ＮＲＧ〉のためになり人類のためになる。そのメンバーにあなたも選ばれたんです」

「光栄な事よ」

「あの……。この事を菊原さんたちは知っているの？」

「知りません」

「知らない？　教団ナンバー２の菊原さんが知らない？」

「つまり我々がナンバー２なんですよ」

背中の辺りがゾクッとした。

「我々こそが真の幹部なのです。そんな秘会にあなたは入ったんです」

「おめでとう」

一花が言った。

「この秘密をファザーから聞かされたときには心が震えました。それなのに園山は」

近の顔が曇る。

「青木さん。あなたはどちらですか？　園山のように負担に感じますか？　それとも喜びに震えますか？」

冴子は一瞬、考えたがすぐに「もちろん喜びます」と答えた。そう答えなければいけない気がした。

「それでこそ青木さんだ」

近が笑みを漏らす。

「ファザーに絶対の忠誠を誓う青木さんだからこそファザーも〈イーグルリサーチ〉すなわち真の幹部に招いたのです」

「これからは三人、力を合わせてファザーを支えてゆきましょう」

震えを隠しながら冴子は頷いた。

31

好美は再び京太郎の家を訪ねていた。

「ビールにしましょうか」

「麦茶はありますか？」

「ありますよ。僕は失礼してビールをいただきます」

リビングのソファで待つ好美の元に麦茶を運んできた京太郎がガラスのテーブルを挟んで好美の正面のソファに坐る。

「僕なりに考えがまとまりました」

ビールを軽く掲げてから一口飲むと京太郎は切りだした。

「あすかの目を醒ます事が出来ますか？」

好美は今までの経緯――あすかの生い立ちに始まり、とつぜん聖母になる事を告げられたらしい事、それから脱出会や笹本、粟津原に協力を求めて断られた事など――を簡潔にまとめて昨夜のうちに京太郎にメールで送っていた。

「あすかさんだけでなく信者全員の目を醒ましたいと思っています」

「信者全員？」

「それでこそ硲京太郎のマジックですよ」

「すごい……」

好美は思わず呟いた。

「でも……あたしは、そこまでは望んでいません」

「え？」

好美は素早く頭の中で考えを整える。

「他人の人生まで変えようとは思わないから。あたしの望みは、あすか一人です」

「でも〈NRG〉はカルトなんですよ。それを暴く事は信者たちにとっても良い事じゃないですか?」

「それは信者の人が個人個人で判断する事だと思う。あたしたちが、あすかを救いだすその過程で〝〈NRG〉はおかしい〟と思う人が出てくるのはかまわないけど初めからそこを目標にはしたくないんです」

京太郎はしばし考える。

「これは村野さんの戦いであると同時に僕の戦いでもあるんです。なので僕なりにやらせてもらいます」

「そうですね。それが娘を助ける事になるのなら……。でも、そんな事できるんですか?」

不可能だ……瞬間的にそう思った。

「不可能を可能にするのがマジックです」

「でも、どうやって?」

「判っている事は我々が村野さんのお嬢さんの目の前で〈NRG〉の欺瞞を暴かなくてはならないという事です」

「はい」

「お嬢さん……あすかさんは聖母大典の日まで施設を一歩も出ない予定なんですよね」

「そのようです」

「しかもいま施設は聖母大典まで閉ざされている。幹部でなければ中には入れない。ところが聖母大典の日は盛大に多くの信者が講堂に集まる……。その日しかチャンスはありません」

「その日にしても信者しか入れません」

「だったら信者になりましょう」

「信者のフリをするんですか?」

「そうです」

「でも、あたしは〈NRG〉には名前も顔も知られています」

「〈NRG〉の信者になるためには、どのような手続きをするんですか?」

「本部か支部に行って入信届を出して幹部による面接を受ければ入信できます。幹部の誰かが支部にもいるようになっているそうです」

「入信届というのは本部か支部に行けば用意されているんですかね」

「そうです。簡単な必要事項を書くだけのようです」

「身元確認は?」

「免許証や住民票の写し、マイナンバーなどが必要ですけど、その場に持っていなければ後日でもかまわないようです」

　京太郎は深く頷くと「名前は偽名を使えば良さそうですね」と方策を示した。

「少なくとも数日は。後日の身分証明が必要であっても勝負は一日だけですから」

「はい。でも顔も知られています」

「変装しましょう。と言っても大したことはしなくてもいい。髪を切ってください。村野さんの髪は綺麗な栗色ですから目立ちます。それをショートヘアにすればガラリと印象が変わります。色も栗色から黒に変えましょう。眼鏡もかけて化粧も変えれば……すぐには判らないでしょう」

「大丈夫でしょうか？」

「大丈夫です」

「凄腕のマジシャンである硲さんが言うんなら大丈夫なんでしょうね」

「信頼していただいて光栄です」

「硲さんの奇跡のようなマジックを見てますから」

「マジックの仕掛けは決して大袈裟《おおげさ》なものばかりじゃありません。むしろ小さな仕種《しぐさ》に大きな意味がある場合が多いんですよ。小さな仕掛けが奇跡を見せるんです」

「でも入った後は？　名前と顔を変えて潜入した後は何をすればいいんですか？」

「今回のマジックは村野さんは観客ではなくて演者側です。演者には、それなりの準備と練習が要ります」

「なんでもやりますけど、あたしにできるでしょうか？　マジックの経験なんかないのに」

「気持ちがあればできます。ただ、このマジックは並大抵の事では成功しません。村野さんには、それなりの働きをしてもらいます」

「判っています。でも……具体的には何を？」

「特訓をしてもらいますよ」

　京太郎は笑みを浮かべた。

「それと羽田野さん、笹本先生、粟津原先生の協力を取りつけてください」

「それは無理です。すでに断られていますから」

「あなたの営業は、そこから始まるんじゃないですか？　僕も村野さんに保険を勧められた時に最初は断りました。でも村野さんは諦めなかった」

「すみません」

「謝らなくていいですよ。村野さんの営業は節度ある営業だったと思います。とっかかりは強引でしたけど」

「すみません」

　また謝った。

「強引なのは最初だけです。それも脈がないようならすぐに引くように心懸けています。後は、その人のためになると思える商品を探して、それを勧めて……駄目ならキリのいいところで諦める」

「今回も、それでいきましょう」

「硲さん。〈NRG〉は殺人を犯している恐ろしい組織です。あたしも命を狙われました。もしかしたら殺されるかもしれない。そんな戦いに笹本先生や粟津原先生まで巻きこむわけにはいきません」

「お二人に危害は加えさせません。〈NRG〉の正体を暴けば〈NRG〉は解体されるでしょうから」

「そうなる保証はありませんよ」

「その事は笹本先生にも粟津原先生にもお伝えください。お二人なら先刻ご承知でしょうけど……」

　京太郎はグラスのビールを飲みほす。

「〈NRG〉が殺人をも辞さない危険な組織であること。今回の試みが成功する保証はないこと。その上で協力してもらえるのか、ご本人たちに判断してもらってください」

「その結果、断られたら？」

「諦めて我々だけで何とかしましょう。強引にならずに駄目ならキリのいいところで諦める。村野さんの営業スタイルです」

「それなら、できそうです。あたしの営業は〝お願いしない営業〟ですから」

「お願いしない営業？」

「ええ。けっして買ってくれとはお願いしない。お客様が納得して買う気になるまで辛抱強く待つんです」

京太郎は頷く。

「仮に笹本先生や粟津原先生が協力してくれる事になったら具体的には何をしてもらうんですか？」

「それを、これから話します」

好美は頷くと営業で使っているファイルノートを取りだして京太郎の話を聞き始めた。

＊

六本木の会員制ステーキハウスで腹ごしらえを済ますと高泉劉幻と昼間繁治は赤坂の料亭に場所を移した。

「先月の収支報告ですが一段と収益が増えています」

高泉は帳簿をめくる。

「我が教団が更なる飛躍の時を迎えたような気がします」

「と言うと？」

「我が教団よりも規模の大きい教団を追い越してゆく攻勢をかけるべき時期かと」

「具体的には何をしようと考えている？」

「宣伝攻勢です。ネット、テレビ、新聞などを通じて我が教団をアピールしてゆく」

「我が教団を目の敵にしている者もいるのだ」

「だからこそです」

　昼間は酒を呷《あお》った。

「マスコミ攻勢でそれを払拭するんです。私はね、ファザーに救われました。その御恩返しのつもりで教団の仕事をしていますが今こそ大きくお返しする機会が訪れたと思っているんですよ」

「聖母が決まったからか？」

「その通りです」

　昼間は高泉の空になった猪口《ちょこ》に酒を注ぐ。

「ファザーに出会うまで私の人生は悲惨でした。子供の頃から虐《いじ》めを受けて救いを求めて入った〈虚ろ舟〉でも幹部から虐められた」

「だが親子の縁を切ればケガレはハレとなる」

「その通りでした」

昼間は自分の猪口に酒を注いだ。

(こいつの人生などどうでもよい。私の人生の方が深刻だった。私は自分の親に精神的虐待を受けたのだ)

小学校教師だった父親はキリスト教系の怪しげな新興宗教の信者で子供にも厳格な戒律を強《し》いた。朝晩の祈りの時間は苦痛だった。また〝汝姦淫《なんじかんいん》する事なかれ〟の教えを字義《じぎ》通りに厳格に捉えてクラスの女子生徒と会話する事さえ禁じられた。

(だがそれも愛情故だったはずだ。父は私を溺愛《できあい》していたのだ)

それが一変したのは小学五年生に起こした窃盗事件からだ。

それが元来の性癖なのか厳しすぎる躾《しつけ》の捌《は》け口《ぐち》だったのかクラスの女子に猥褻《わいせつ》行為を仕掛け、さらにその女子の財布を盗むという騒ぎを起こした。

その後、私立の名門小学校から公立小学校に転校を余儀なくされた。

その問題が起きてから父親の愛情は一気に冷めた。父親の愛情は弟に注がれる事になった。その時から家庭は地獄と化した。

(私が話しかけても親父《おやじ》は一切、答えなかった)

父親は弟に優しい声をかける。弟には笑みを見せ……。

(私には一切、笑みを見せなかった)

それは子供にとって絶望的な状況だった。

(母も冷たかった。だが……。母だけは私を大事に思っていたと信じている。あれは父の手前、私に厳しく当たっていたに違いないのだ)

地獄のような生活が中学、高校と続いた。大学受験に失敗すると逃げるように家を出て職を転々としだした。

「聖母大典は格好のアピールになるかと」

現実に引き戻される。

「それはどうかな」

「と仰いますと」

「格好のアピールどころか格好の非難の対象にもなりかねない諸刃《もろは》の剣《つるぎ》だろう」

「どうしてですか?」

「世間は何かと非難の対象を求めている。マスコミに攻勢をかけるのは聖母大典が無事に済んで村野あすかが聖母として定着した後でよかろう」

「そういうもんですか」

「そうだ。だがお前の意見は良いところをついている」

「恐れ入ります」

「今から準備しておくのがいいだろう。その準備はお前に任せた」

「畏《かしこ》まりました」

高泉は満足げに杯を呷った。

32

シンガポール行きを二週間後に控えた笹本尚幸は、そろそろ準備に取りかかろうとしていた。

（この家を五日ほど空ける事になるが）

部屋着の薄手のスラックスとTシャツに身を包んだ笹本はリビングのマッサージチェアに坐って感慨に耽った。マッサージチェアの前にはガラスのテーブルが縦に置かれ、その先にテレビがある。ガラスのテーブルの両脇にはソファが置かれている。

思い入れのある家だった。准教授に昇進した十年前に、それまでの中古賃貸マンション住まいから思いきって三鷹《みたか》の住宅街に購入した木造二階建ての一軒家だ。将来は結婚して子供が生まれる事まで考えて広めの家を物色した。

（今に至るまで結婚の話はなかったが）

それどころか交際する女性にも巡り会えなかった。家を購入して以来、一人の女性も敷居を跨《また》いだ事はない。

(浅はかだったかな)

交際相手もいないのに結婚を前提として広めの家を購入した事を少し悔いてもいた。もともと笹本は自分の容貌に深い劣等感を抱いていた。背も低いし体つきも貧相でファッションにも興味がない。

(まあいい。今さら考えても仕方がない)

笹本は気持ちを切り替えた。

(とにかく、祝杯だ)

アジア心理学会が催す交流会を兼ねたシンポジウムに笹本も呼ばれたのだ。アジア大会出席の景気づけと、その成功の前祝い……そんな気持ちだった。

午後八時。笹本はお気に入りのベルギービールの瓶と焼き鳥の缶詰を持ってテレビの前に陣取った。

(久しぶりの晴れ舞台)

笹本はそのシンポジウムをそう位置づけていた。しかも今回のテーマはカルト。笹本の専門分野だ。

(うまくいけば世界大会への道も開ける)

五十代に突入して以前よりも軀が疲れやすいと感じる時もあるが、まだまだ老けこむ歳ではないと自負もしている。

十年程前に参加したインドで行われたアジア三カ国大会では苦い思い出もある。そこで笹本は参加者を巻きこんでの心理実験……集団催眠を行ったのだが参加者の一人の催眠状態がなかなか解けずに問題となったのだ。

（あの時は悪い癖が出た）

笹本は以前から酒を飲むと気が大きくなり大言壮語してしまう癖がある。アジア三カ国大会でも酒の席で気が大きくなり〝集まった心理学者を全員、催眠術にかける事ができる〟などと大きな事を言ってしまった。結果、予定になかった集団催眠を行う羽目になり、その内の一人が催眠から覚めなくなり問題となってしまったのだ。

（その失敗を肝に銘じて今度こそ……）

チャイムが鳴った。

（誰だろう？　こんな時間に）

人が訪ねてくる予定はないし人づきあいの悪い笹本には親しい友人、知人もいない。笹本はビールの栓を抜こうと手にした栓抜きをテーブルに置いて立ちあがるとインターフォンのディスプレイを見た。

（若い女性？）

ノースリーブのシャツを着ている。笹本は首を捻《ひね》った。

――どなたですか？

――コスモ生命の村野です。

講演会終了後に何の伝手《つて》もなく、いきなり生命保険の営業をかけてきたガッツのある女性……。その時には三十代前半かと思っていたがその後、娘の事で訪ねてきた時には〝高校三年生の娘さんがいるのか〟と少し驚いた。二十五歳の時に産んだとしたら四十歳を超えている事になる……その時はそんな計算をしたものだ。

（外が暗いから若い女性に見えたのか）

もともと綺麗な顔立ちで年齢よりも若く見える人だったが……。

――お話ししたいことがあります。

笹本は溜息をついた。さすがにこの時間に保険の営業はないだろうから用件は再び娘の事だろう。

――お願いです。部屋に入れてください。

まあいいか、と笹本は思い始めていた。

（若……くはないが若く見える美人の女性と話すのは悪い事ではない）

潤いのない生活に潤いが生まれるのではないか。そうも期待した。

笹本は「わかりました」と返事をすると玄関に向かいドアを開けた。村野好美はインターフォンのディスプレイで見た深刻な表情とは打って変わって笑顔だったので笹本は面食らった。

「すみません夜分遅くに。ご迷惑じゃなかったでしょうか？」

「いえ。独り身ですから」

「それでは遠慮なくお邪魔させていただきます」

好美はヒールを脱いで部屋に上がった。笹本は好美をリビングに案内する。

「ビールを飲んでたんですか？」

「これから飲み始めようとしていたんです」

「素敵な瓶ですね。何ていうビールですか？」

「デュベルというベルギービールです。ビールはお好きですか？」

「はい。詳しくないですけど」

「デュベルはエールビールでアルコール度数は八％ほどです。ビールはアルコール度数五％ぐらいが多いですから強い方ですね。このビールはフルーティで、それでいてキリッとして……。飲んでみますか？」

「いいんですか？」

「ええ」

「では慎みがないようですが、いただきます」

「用意しましょう。そこのソファに坐って待っていてください」

遠慮のないところがこの女性のいいところだ、と笹本は思った。ビールとグラス、焼き鳥の缶詰をトレイに載せてリビングに戻ると好美がソファに坐っている。

「あ」

笹本が小さな声をあげると好美は小首を傾《かし》げた。

「あ、いえ何でもありません」

笹本がいつも坐るソファ……テレビに向かって左側のソファに好美が坐っていたのだ。しかも右側のソファに比べて低いので好美のスカートの奥が覗けそうになっている。だが、そのことを口に出す勇気もなく笹本はトレイをガラスのテーブルに置くと好美の正面のソファに坐った。

「デュベルはホイップクリームのような豊かな泡が出ますから、それを楽しむためにチューリップ型のグラスで飲む事にしているんです」

笹本は好美のグラスにデュベルを注いだ。

「お注ぎします」

笹本は好美に言われるままデュベルを注いでもらう。

「デュベルは悪魔という意味なんですよ」

注いでもらいながら笹本は説明を加える。

「悪魔？」

「そうです。飲みやすい割に度数が高いですからね」

好美がグラスを見つめた。

「悪魔と対《たい》峙《じ》する前に悪魔を飲む。決意のビールになりそうです」

この女性は高泉劉幻を悪魔と捉えている。改めてそのことに気づかされた。

「娘が大変な時ですから乾杯は控えさせていただきます」

笹本は頷くとデュベルを一口飲んだ。好美も一口飲む。

「村野さん。お嬢さんの件ですが」

「諦めました」

「え？」

「〈ＮＲＧ〉は殺人をも辞さない危険な集団です。そんな危険な集団との争いに笹本先生を巻きこむのは間違っていると気づいたんです」

気づいてくれて良かったが……。

「では今夜は、どうしてここに？」

「先生のお話を聞いて自分で何とかしようと思ったんです。あたしと裕さんで」

「コダマさん？」

「マジシャンの裕京太郎さんです。あたしの保険のお客様なんです」

「そうですか。でもマジシャンの人がどうして」

「〈ＮＲＧ〉はインチキのトリックで奇跡をみせています。マジシャンなら、それを暴いてくれるんじゃないかと思って頼みに行ったんです」

「保険の顧客という、それだけの繋がりで頼みこんだのですか？」

「そうです。非常識だとは重々承知の上で頼みこんだら承諾してくれました」

「それは驚きですね。命の危険があるのに」

「裕さんは個人的にも〈ＮＲＧ〉と因縁があったんです」

好美が裕京太郎と〈ＮＲＧ〉との関係を大雑把《おおざっぱ》に説明する。

「そうだったんですか」

「裕さんは必ず〈ＮＲＧ〉の欺瞞を暴く事ができると断言していました。でも一人じゃ無理だって。何人かの協力がいるって……それで笹本先生を巻きこむつもりでした。笹本先生と物理学者の粟津原教授と〈ＮＲＧ〉を追っているジャーナリストの人がチームとなって〈ＮＲＧ〉のインチキを暴く作戦です」

「他の人は何と？」

「まだ、お願いしていません。最初に笹本先生にお願いにあがったんです」

「やっぱり私にお願いするつもりだったんですね」

「あ」

好美は声をあげたが、それはどこかイタズラを見つかった子供のような親しみを秘めた顔だった。

「別に怒りはしません。あなたも必死なんでしょう。ただ私はお断りするしかありません。私の本分は学問ですから」

「わかっています」

好美の顔には慌てた様子は見えない。お願いはするが断られる事も想定内……そんな様子に見える。

「このマジックは、あまりにも危険ですから」

「マジック？」

「はい。裕京太郎さんは、すべての信者の目を醒ますというマジックを披露すると言ってくれたんです」

「なるほど。信者の目を醒ますマジックですか。でも、お嬢さんだけでなくすべての信者の？」

「二週間後に〈NRG〉で聖母大典という儀式が執り行われます」

「知っています」

「その儀式に笹本先生にも信者になったフリをして出席してもらう作戦を立てていました」

「私が信者に？」

「はい。無謀すぎました。すみません。その作戦は御破算です。今夜はトコトン飲んで、じっくりとお話をお聞きしたいんです」

笹本は答えに詰まった。

「あ、ご迷惑ですよね」

「いや、つきあいますよ」

「うれしい」

喉が渇いて笹本はグラスを口に運ぶ。

「で、どんなところを知りたいんですか？〈NRG〉の」

「違法性についてです。違法すなわち法律に触れる事をしていれば〈NRG〉を訴える事ができます。逆に違法性がなければ娘を取り戻す大義名分が立ちません」

「カルトはそれだけで反社会的存在です。許してはいけません」

「心強い御言葉です」

　好美がビールを一口飲む。

「笹本先生はカルトに関して研究以外に何か活動をされてるんですか？」

「いいえ。ですが研究自体が啓蒙活動になっていると思っています。あなたのようにカルトの欺瞞に気づいて活動する人を増やしてゆく。有意義な仕事だと自負しています」

「では、あたしを、もっともっと啓蒙してください」

　好美の物《もの》怖《お》じしない言いかたに笹本は笑みが零れた。笹本は好美に請われる形で〈ＮＲＧ〉の違法性について話しだした。

「〈ＮＲＧ〉は他のカルトと違《たが》わず奴隷的拘束や信教の自由の剝奪《はくだつ》、結婚の自由の剝奪、財産権の奪取などが確認されています。また修行の一環としてＬＳＤなどの違法薬物が使用されているという噂もあります」

「麻薬、ですか？」

「ええ。ただこれは本堂の中だけで行われているようで証拠はありません。あくまで噂なんです」

　笹本がグラスのビールを飲みほすと好美が注いだ。

「立証されて最も問題となる事案は信者が親の金を勝手に教団に献金する行為でしょう」

「親の金を……。窃盗ですよね？」

「そうです。親の金は汚れているから〈ＮＲＧ〉に献金させて浄化するというのが名目です」

「勝手な言い分ですね」

「ええ。しかし〈NRG〉は親子の縁を切る事を教義としていますから洗脳されている信者にとって親の金を持ちだす事は、さほどハードルは高くないでしょう。ましてケガレを祓って浄化するという理屈まで与えられていますから」

「たしかに」

「村野さんのお宅は大丈夫でしたか？　お嬢さんにお金を持ちだされてはいませんか？」

　考えた事もなかった。

「どうです？」

　あすかを取り戻すためには金はいくらかかってもいいと覚悟を決めたので家の中にある現金と預金、貯金はすべて確認済みだ。

「大丈夫です」

「それなら良かった。お嬢さんもとつぜん聖母に選ばれたので逆に持ちだす余裕もなかったのかもしれない。仮に持ちだされていたとしても、これは立件するのは時間がかかります。教団の指示ではなく本人の自由意志だと言い張れば親と子の争いにはなりますが教団を糾弾する事はできなくなります」

　好美はただ頷くばかりだ。

「現時点で立証できそうなものは霊感商法でしょうね。オクトホンを知ってますか？」

「知っています」

「あれはケガレが晴れる……その結果、病気も治るという触れこみですから違法行為に当たるでしょう。根拠がありませんからね。ケガレといっても証明のしようがない。さらに悪いのはケガレを祓う儀式ですよ。これは高泉劉幻と個室に籠もって霊気を注入してもらうという儀式ですが、もちろん根拠などない。根拠のない儀式に法外な請求をするのは明らかに違法です」

「先生に話していただけたら〈ＮＲＧ〉も負けるでしょうね」

笹本は警戒した。

（この女性は口では諦めたと言いながら、まだ私に協力させようとしているのではないか？）

その手には乗らない。現実的に無理だ。二週間後にはシンガポール行きが控えている。

「私は協力できませんよ」

「わかっています。命の危険があることに笹本先生を巻きこむわけにはいきません。笹本先生はあたしに〈ＮＲＧ〉がカルトだと教えてくれた大切な人ですから」

女性から〝大切な人〟と言われた事は初めてだった。それが恋愛絡みではないとしても。

「ただ……」

「ただ？」

「もしも〈ＮＲＧ〉を解体できて、それを成し遂げたメンバーに笹本先生も入っていたら笹本先生は世界的名声を獲得するだろうと思ったら少し勿体ないかなって」

「世界的名声？」

「〈ＮＲＧ〉を解体できたら、ですけど。あるいはマスコミに引っ張りだこになるかもしれませんね。心理学者がカルト教団を解体したら当然、マスコミの関心を呼びます。大々的に取りあげられるでしょう。テレビにも呼ばれると思います。コメンテーターとしてレギュラー番組を持つ事も」

笹本は小さな溜息を漏らす。

「安心してください。笹本先生抜きでも、やってみせますから」

「応援はしています」

笹本はビールを飲み終えた。

「あたしに遠慮しないで、もう一本、飲んでください」

笹本は好美のビールもなくなりそうになっている事に気がついた。

「よければ、あたしもつきあいます。何か、おつまみを作りましょうか？　缶詰の焼き鳥、もうないですよね」

笹本の焼き鳥も好美の焼き鳥もいつの間にか食べ終わっている。

「作っていただければありがたいですが。ビールは好きだけど料理は苦手で」

「作ります」

好美は立ちあがった。

「冷蔵庫を勝手に開けていいですか？」

「はい」

しばらくすると好美が料理をする音が聞こえてきた。ビールが効いてきたのか笹本はいい心持ちになった。

（少し酔ったかな）

今夜はいつもよりも酔いが早い気がする。

（好きなベルギービールを褒められたからだろうか。それとも女性と二人きりで飲んでいるせいだろうか）

それが血流を速めて……。そんな事を考えた。

（気をつけないと）

笹本は酔うと大きな事を言う癖がある。

そんな事を考えているうちに好美がソーセージとコーンのバター炒《いた》めを作って笹本の元へ運んできた。

二人は、また飲みながら話を続けた。話を続けながら笹本は先ほど好美が言った言葉を考えていた。

――それを成し遂げたメンバーに笹本先生も入っていたら笹本先生は世界的名声を獲得するだろうなと思ったら少し勿体ないかなって。

魅力的な誘いだった。あるいはコメンテーターとして引っ張りだこになるかもしれない……。

（ありえない話ではない。だが）

アジア大会をキャンセルなどできようはずもない。

（そのために散々、準備をしてきたのだ）

目の前には豪快にビールを呷る村野好美の姿がある。

（こんなに魅力的な女性と二人きりで飲むのは人生で初めてだ。しかも私の家で）

このような機会を提供してくれた村野好美という女性には最大限の感謝の気持ちを抱き始めている。

（そもそも私は何のためにアジア大会に行きたいのだろう？）

ふとそんな疑問が胸に兆した。あらためて考えてみると大した理由が思い浮かばない。

目の前には娘のために必死になっている人がいる。

（目の前に助けを求めてる人がいて私はその人を手助けできる知識を持っている）

村野好美はビールを飲みほした。

「もう一本、持ってきましょう」

「いえ、けっこうです。あたしは、これで帰ります」

「え？」

「笹本先生には充分にしていただきました。こんな夜分に押しかけたのにカルトの事を懇切丁寧に教えていただいて。それにおいしいビールまで」

好美は笑みを浮かべた。

「片づけますね」

「そのままにしておいてください。私はもう少し飲みますから」

「そうですか。それでは御言葉に甘えて」

好美は立ちあがった。

「アジア大会、がんばってくださいね」

「アジア大会はキャンセルします」

どうしてこんな事を言ったのだろう？　笹本は自分の言葉が信じられなかった。

「え？」

好美も驚いている。

（私はまた酒に酔って大きな事を言ってしまったのか？）

だが仕方がない。もう口に出してしまったのだ。後には引けない。

「村野さん。あなたの頼みを受けましょう」

好美の目が大きく見開かれた。

「いいんですか？　笹本先生は学問を」

「こんな時に役立てなくて何の学問でしょう」

笹本は照れたような笑みを浮かべた。

「研究者の私にとっても、またとない貴重な体験となる。それに……。あなたの根性に負けました」

「〈ＮＲＧ〉は危険な組織ですよ」

「百も承知です」

「でしたね」

好美の目に涙が滲んでいる。

「笹本先生。ありがとうございます」

好美は深々と頭を下げた。

33

青木冴子は心につかえている不安を少しでも晴らそうと外の空気を吸いに庭に出た。

すでに日は傾いていたが昼の余熱は充分な暑さを持って冴子を包みこみ脇に汗が滲む。

（頭が少し痛い）

それでも冴子はそのまま門を出ると本堂裏の山道を登り始めた。木々に囲まれた山道はヒンヤリとしていた。薄暗さが増すと冴子の不安も増した。程なく六聖人のみ使用が許されている四阿《あずまや》が見えた。冴子は四阿に入り木製ベンチに坐ると両手で顔を覆った。

（まさか〈イーグルリサーチ〉がそんな仕事をしていたなんて）

未だに信じたくない思いだ。

（透視が〈イーグルリサーチ〉の、それこそリサーチによって支えられていた……）

もちろんファザーの偉大な御力の手助けをする以上の意味などないのだろう。それは信じている。

（でも……）

冴子が入信を決めたのは面談で自分の過去を透視された事だった。

（あの透視も事前調査によるものだったら……）

冴子が〈ＮＲＧ〉にのめりこんだ前提が揺らいでしまう。

（それに……）

最大の問題は園山暁の死だった。その死に〈イーグルリサーチ〉が関わっていたとなると心の許容量を超えてしまう。

（園山さん。あなたはわたしに何を言いたかったの？）

頭痛はさらに強くなった。息苦しさも感じる。

「青木さん」

顔をあげると菊原光希が立っていた。光希は冴子の隣に坐った。

「青木さん。あなた何かあったの？　昨日から様子が変よ」

「そんな事は」

ありませんと言う言葉がなかなか出ない。

（菊原さんには、わたしの心の迷いがすぐに見抜かれてしまう）

だがそんな菊原光希も〈イーグルリサーチ〉の真の仕事内容は知らないのだ。

「まさか信仰に迷いが生じたんじゃないでしょうね」

心臓がドクンと跳ねるような気がした。

「あなた、まさか」

「違います！」

冴子は思わず叫んでいた。その顔を光希は驚いたような顔で見つめる。

「ただ……新しい仕事に就くのが不安で」

冴子が〈イーグルリサーチ〉に配属になった事は光希も知っている。

「それならいいけど」

光希は深刻な顔を崩してはいない。

「もし信仰が揺らいだりしたら、それは死に値するわよ」

「え？」

「だってそうでしょう？　それは悪魔の道に逆戻りする事になるんだもの」

「そう、ですよね」

「そんな人は死んだ方がファザーのためよ」

「ファザーの……」

光希が冴子の肩に手をかけた。

「新しい任務を負って不安になる気持ちは判るわ。でも、それを乗りこえるのがファザーのためになるのよ」

「はい」

「それを忘れなければあなたは立派にやり遂げるわ。あなたは優秀な人だもの」

「ありがとうございます」

「行きましょう」

光希が立ちあがる。冴子も立ちあがるが頭痛はまだ治まってはいなかった。

＊

何を訊いても答えてくれない新井麻子《あさこ》を前に羽田野は途方に暮れていた。

（ようやく探り当てたのに）

羽田野は硲京太郎から依頼されジニアス新井こと新井康則の来歴を調べている。

新井が芸能プロダクション〈貴家企画〉に所属していた当時の履歴書を閲覧させてもらった。福井県敦賀《つるが》出身で実家もそこにあったことや出身校などがわかった。さらに羽田野は福井に行き聞きこみを掛け新井康則の母親である新井麻子の現住所をつきとめたのだ。

小学校教師であった父親はすでに亡くなり八十七歳になる母親は千葉県市川市にある介護施設〈プリズムホーム〉に入居していた。

新井康則には幸哉《ゆきや》という五十三歳になる弟がいるが康則とは連絡を取りあっていない。幸哉は東大法学部を卒業後、厚生労働省の役人となっている。まずは母親から当たろうと羽田野は判断した。

「テレビを消してもいいですか？」

施設三階の個室のベッドで軀を起こしテレビを観ている新井麻子は羽田野の問いかけにも答えない。顔の輪郭は細く新井康則とはあまり似ていない。

「入居した頃から、こんな感じなんです」

茶を運んできた中年の女性職員が羽田野に言った。

「幸哉さんは面会に来ますか？」

「一度も来た事はありません」

「一度も？」

「ええ」

「じゃあ、ここの入園手続きを取ったきりですか」

「入園手続きを取ったのはご長男の康則さんですよ」

「え？　康則さんが？」

「そうです。といっても代理のかたを通してでしたからお会いした事はありませんけど」

「そうだったんですか」

「ご長男の康則さんも次男の幸哉さんも面会に来ませんから麻子さんもかわいそうで」

「ですね」

「その代わり高泉様がたまに面会に来てくれます」

「え？」

「この園の創立者です」

「この園は高泉劉幻が作ったんですか？」

「そうですよ。それで、たまに教団の幹部のかたと一緒に視察に見えるんです。その折りに入居者のかたを見て回るんですが幹部のかたたちも親切でしてね。面会人の来ない麻子さんを哀れんでか、まるで本当の母親のように接しています」

羽田野は呆然とした。

「どうぞごゆっくりしていってください」

職員は出ていった。麻子は煎餅《せんべい》を食べながらテレビを観続けていた。

34

家に帰って甚兵衛に着替えてからも粟津原の怒りは収まらなかった。

午後四時を回ったところだ。

（何だあの偉そうな態度は）

怒りの矛先は星城大学の学長に向けられていた。客員教授の契約を打ちきられたのだ。

それもろくに粟津原の顔を見ないで「お疲れ様」の一言を言うと書類仕事に戻った。

粟津原は冷蔵庫からスポーツドリンクの二リットルペットボトルを出してグラスに注ぐ

と一息に飲んだ。

(収入の道が途絶えた)

この先どうやって暮らしていけばいいのか……そう途方に暮れていた時に一条の光が射した。

(これも俺の運命なのかもしれない)

リビングに入りテレビをつけると高泉劉幻が出ていた。

(やはり運命か)

粟津原は皮肉な笑みを浮かべる。

ワイドショー的な番組だろうか。増水した川に落ちた子猫を助けだした映像が流れている。

――この心優しい男性は実は宗教法人〈新しい神のルール〉の教祖、高泉劉幻さんです。高泉劉幻さんは数々の超能力を披露してきた事で知られています。

女性のナレーションが映像に被せられる。

(この男の演じてきた超能力はすべてインチキだ)

だがこの番組は高泉劉幻が演じてきた超能力がすべて真実である事を前提に話を続けて

いる。公共の電波を使うなら、せめて科学的検証を済ませてから超能力という言葉を使うべきだ。

（こんな事はもう許されない）

チャイムが鳴った。

栗津原は立ちあがりインターフォンのディスプレイを見る。ワンピースを着た見覚えのある女性が立っている。

（来たか）

栗津原は通話ボタンを押した。

――こんにちは。コスモ生命の村野です。

――待っていたよ。

――え？

栗津原はほくそ笑んだ。

（俺にも、これくらいの超能力は使える）

栗津原はマンションのドアのロックを解いた。女性は怪訝そうな顔をしながらエントランスを通る。栗津原は玄関まで出てドアチェーンを外してドアを開ける。

「君が来る事は判っていたよ。村野さん」

女性は村野好美だった。

「どうしてですか？」

「予知能力だ」

好美は言葉を返せずにいる。

「あがって」

好美をリビングに通すと粟津原は「〈ＮＲＧ〉のインチキを暴いてもらいたいんだろう？」と切りだした。

「そうです」

椅子に坐った好美に粟津原は麦茶が入ったグラスを差しだす。

「君はマジシャンに頼んだんじゃないか？」

「ご存じだったんですか？」

「実は笹本さんから連絡をもらってね」

「お知りあいなんですか？」

「面識はなかった。だが俺の連絡先を調べたらしい。それで君が〈ＮＲＧ〉を潰す作戦に俺も巻きこもうとしているから協力してあげてくれないかって言われてね」

「笹本先生がそんな事を？」

「ああ。よっぽど君が気に入ったみたいだ」

「もったいない」

好美が思わず呟く。

「俺もそう思う。君の戦いは、あくまで君だけの戦いだ。他人を巻きこむなんて」

「協力していただく事は無理ですか?」

「いや協力しよう」

「え?」

〈NRG〉を叩き潰すことは自分にとって一発逆転のチャンス……。粟津原は〈NRG〉に対する戦いをそう捉えていた。テレビ出演、講演などの職を奪った天敵にリベンジするチャンスでもある。

「俺のやってきた事は知っているだろう?」

「超能力のインチキを暴いてきた……」

「その最大のターゲットは今は〈NRG〉だ。だから協力する」

「ありがとうございます」

好美は頭を下げる。

「でも」

好美が頭を上げた。

「〈ＮＲＧ〉は危険な集団です。過去に人を殺しているんです」

「聞いたよ」

「それでもいいんですか？」

「念のために保険金の額を増やしておこうか」

「お嬢さんが受取人の……」

「そう。その生命保険は君が担当だ」

「はい。今ちょうどキャンペーン中で保険金を増額した人にはおしゃれ小鉢を進呈しているんです。今月中に手続きすれば、ですけど」

「任せるよ」

「ありがとうございます」

　好美は再び頭を下げた。

＊

　社内がいつになく騒がしい。

「どうしたんですか？」

　外出先から戻った羽田野は事務の中年女性——沢《さわ》シゲ子に訊いた。

「いよいよ危ないらしいわ。この会社」

「え？」

「スポンサーが直々に来てるの。今のキャンペーンを成功させないと広告を引きあげるって」

社長室から眼鏡を掛けた小柄な中年男性が出てきて誰にも挨拶をせずに帰っていった。

「羽田野！」

社長室から星野の胴間声《どうまごえ》が聞こえる。

「はい」

羽田野は引きつった顔で社長室に入っていった。

＊

車谷厚志が書類を整えていると支店長が通りがかった。

「車谷君、そこは村野さんの席じゃないか？」

支店長は四十代半ばのやや太り気味の男性だ。遣り手と評判で現に新宿第一支店は支店長が赴任してきてから三期連続で業績が上がっている。

「そうなんですけど村野さんの休暇、もう長いですから帰ってきたときに新情報にすぐに対応できるようにと」

そこまで言って余計な事をしていると危惧したのか「すみません」と謝った。

「いや。ちょうど良かった。村野さんの見込み客から契約したいと電話があってね」

「そうなんですか？」

「ああ。悪いが君が代わりに契約に行ってくれないか？」

「それはいいですけど……」

「場所は埼玉だ。これが資料」

「わかりました」

「とにかく支店の業績を落とすわけにはいかない。エースの村野さんがいなくてもな。その分、車谷君にがんばってもらわないと」

「はい」

車谷は顔を引き締めた。

35

好美は深く頭を下げた。

「みなさん。あたしのために大変な事態に巻きこんでしまって申し訳ありません」

「謝らなくていい」

チェックのジャケット姿の粟津原が言った。

「みんな嫌々参加したわけじゃない。自分の意志で決めた事だ」

硲京太郎の自宅に村野好美、笹本尚幸、粟津原高史の四人が集まっている。すでに好美によって、それぞれの紹介は済ませているし京太郎が摑んだ〈NRG〉に関する情報も伝達済みだ。

「羽田野さんが遅いな」

集合時間は過ぎている。好美のスマホの着信音が鳴った。素早く通話ボタンを押す。

──村野です。羽田野さん？

電話は羽田野からだった。

──そんな……。

好美は数分、話をすると通話を切った。

「羽田野さん。降りるそうです」

「降りる？」

「実は羽田野さんは会社で、どうしても参加しなければならないプロジェクトがあったんです。それを会社と〝五日間だけ〟という約束を交わして無理してこっちの計画に参加してくれていたんです」

「その五日間が過ぎた？」

「とっくに過ぎていたそうです。これ以上は無理だって」

「まずいな」

京太郎が呟く。

「羽田野さんには重要な役割を務めてもらうつもりでメールも送っていたんです」

「すみません」

「村野さんが謝る事じゃないでしょう。もちろん羽田野さんだって責められるところはない」

笹本が取りなすように言う。

「そうですね。ただでさえ少ない人数で戦うのは苦しかったんですが、しょうがありません。この四人で戦いましょう」

「やりましょう。私もカルトの専門家です。こんな案件に参加できる機会を逃す手はない。もっとも村野さんの営業テクニックがなければ参加に同意はしていなかったでしょうが」

「笹本先生、お気づきだったんですか？　あたしが営業テクニックで笹本先生の同意を取りつけようとしたこと」

「判りました。それでも参加したのは、この案件そのものに意義を感じたからです。〈ＮＲＧ〉を野放しにしていてはいけない。もし〈ＮＲＧ〉の解体に成功したら私はマスコミに引っ張りだこになるかもしれない。正直、そこにも魅力を感じました」

「私も同じだよ」

　粟津原が言った。

「だけど驚いたな。〈ＮＲＧ〉にそんな秘密があったなんて」

「ジニアス新井……本名、新井康則というマジシャンを、たまたま僕が知っていたから判ったことです」

「じっくり証拠固めをして羽田野さんにスクープしてもらいたいところですが時間がありません。聖母大典は目前です。その日までは本部に入る事もできないんです」

「その日を過ぎたら娘は、あすかは聖母になってしまいます。阻止するためには、ぶっつけ本番で聖母大典に乗りこむしかないんです」

「ちょっといいかね」

　笹本が割って入る。

「たしかに〈ＮＲＧ〉はインチキだ。私が一番よく知っている。それは暴かなくてはならない。だが宗教組織に入信する人たちは多かれ少なかれ心の悩みを抱えている。その人たちにとっては〈ＮＲＧ〉は心の拠《よりどころ》となっている。〈ＮＲＧ〉をなくしてしまっては、その人たちの心がまた空虚に戻ってしまう事にもなりかねない」

「そんな事を言っている場合か。〈ＮＲＧ〉は殺人を犯しているんだぞ」

「もちろんそれは糾弾しなければならないが私が心配しているのは残された信者なんです」

「大切なのは真実を知る事だ。信者たちが真実を知った上で、その後どうするかはそれぞれが考えればいいんじゃないかね？」

　栗津原の言葉に笹本は「判りました」と答えた。

「だが硲君。私たちは総勢四人しかいない。しかも時間がない」

　聖母大典まで後十日となっている。

「それで巨大組織の〈ＮＲＧ〉を倒す事ができるのかね？」

「できます」

　京太郎は断言した。

「我々が信者のフリをして本部に乗りこむと聞いたが」

　栗津原が割りこむ。

「我々は名前も顔も知られている可能性が高い」

「顔と名前を知られている事に関しては村野さんも同じです。村野さんは名前を変えて侵入する予定です。笹本先生も粟津原先生も偽名を使ってください」

「入信手続きの際に身分証明は求められないのかね？」

「免許証など身分を証明できる物の提示が求められるんですが、忘れたと言えば後日確認となります。我々の勝負は一日限りですから〝後日〟はありません」

「なるほど。だが名前はごまかせても顔はごまかせない」

「ごまかしてください」

「そんな事はできないよ」

「単純な事で良いんです。髪型を変えるとか。指導しますよ」

　京太郎が説明すると笹本も粟津原も納得した。

「だが入信できたとして聖母大典に出席できるのかね？　聖母大典には上位の信者しか入れないんだろう？」

「お布施を積めば下位の者でも入れるんですよ」

「いくらかね？」

「十万円です」

「あたしが払います」

　好美が声をあげる。

「それは悪いよ」

「いいえ。娘を取り戻すための必要経費です。いくらかかってもかまいません」

「ここは村野さんに従いましょう」

京太郎が言うと誰も反論しなかった。

「それで聖母大典に出席できたとして、その後は？　我々が教団のインチキを暴く機会はあるのかね？」

「〈NRG〉の式典では必ず信者の啓示白があります。信者たちが〈NRG〉に入信して、いかに良かったかを発表する、あれです」

「その発表にかこつけて我々がインチキを暴こうというわけか」

「そうです」

「聖母大典ともなると人数が多いから自由に発言はできなくなるんじゃないか？」

「指名制になるでしょうね」

「我々が指名されるとは限らない」

「指名された信者に反論する形で勝手に発言すればいい」

「反論の機会はあるのかね？」

「作りますよ。教団側がマイクを渡してくれないかもしれませんから、こちらで隠しマイクを用意します。手ぶら拡声器ともいいますが小型でマイク、アンプ、スピーカーの機能を兼ね備えた優れものです。これで教団側のマイクを使わなくても自分が喋った声が会場内に届きます」

「いいだろう。だが隠しマイクを使う機会があったとして信者が我々にとって都合のいい話……反論しやすい話をしてくれるとは限らないだろう」

「啓示白はだいたい三つのパターンに集約されます。一つめは性格や悩みを高泉が言い当てるパターン。二つめは信者の身の回りで起きた心霊現象を高泉が解決するパターン。三つめは高泉自身が奇跡を起こすパターンです」

「それ以外のパターンは？」

「ありません。啓示白の映像をいくつか羽田野さんに入手してもらって丹念に分析した結果、啓示白のパターンは三つだけだと判明しました」

「判った。で、パターンが三つだけだと対策も立てやすいというわけか」

「そうです」

「用意周到だな」

「マジシャンは用意周到を旨とします」

　京太郎が言った。

「あるマジシャンは知人の家に招待された時にその家の柱時計の裏にカードを隠したんです。数年後に訪れるかもしれないマジックを披露するチャンスのためにタネを仕込んでおいたんですよ。実際、そのマジシャンはその機会に恵まれて知人を驚かすマジックを披露する事ができました」

「まったくマジシャンという人種は……感服するよ」

「ただ……」

笹本が口を挟む。

「うまく発言の機会を得られるか、得られたとしても、うまく発言できるか自信がありませんよ。なにしろ初めての経験で、しかも相手の信者たちは教団を信じきっていますからね。疑うという事を初めから捨ててかかっている」

「マジックを習得するには多くの練習が必要です。映像をお貸ししますから、その映像を丹念に見てタイミングなどを練習してください」

「ここまで来たらやるしかないだろう」

粟津原の言葉に笹本は「そうですね」と答えた。

「緊張しますか？」

京太郎が笹本に訊く。

「緊張します。だけど同時にワクワクしますよ。自信がなかったが、やり遂げたら大変な快挙だ。私も必死なんでね。この試みが成功したら私は一躍注目される。逆に失敗すれば学者生命を絶たれる……いや物理的な生命まで絶たれる危険がある」

「すみません」

好美が項垂れる。

「怒ってはいませんよ」

「ここまで来たら負けるわけにはいきません」

京太郎の言葉にみなが頷く。

「それと」

「まだあるのかね？」

「本部内部の様子をもう少し知りたい。内部を知る人にもう一度、話を聞きたいと思います」

「誰に？」

「会いやすくて、しかもガードが弱い人……。小島歌緒理さんです。面会の段取りをつけてくれますか？　村野さん」

「判りました。やってみます」

好美は口を真一文字に結んで頷いた。

36

〈NRG〉本部の会議室に最高幹部全員が集まっていた。

高泉劉幻、菊原光希、昼間繁治、近壮太郎、青木冴子、蓼科一花、伊能エマ、そして村野あすかの八人である。

部屋の中央に黒い木製の長テーブルが置かれ上座に肘掛け椅子、両側にそれぞれ四つずつ合計八つの椅子が置かれている。

あすかは末席で満足感に浸っていた。

（雲の上の存在と思っていた人たちと同じ席についている）

そう思ったとき心臓の辺りが収縮するような微かな痛みを感じた。

「あなたは会議は初めてね、村野さん」

菊原光希の呼びかけにあすかは「はい」と応えた。

「わたし、何にも判らなくて」

「判らなくて良いのよ。ただ聞いていればいいわ。何か訊かれたら思った事を答えればいいの。あなたは聖母になる人だもの。堂々としていればいいのよ」

「はい」

「村野好美すなわち母親への未練は？」

近が訊いた。

高校に毎日持っていった弁当の事が頭に浮かんだ。母親が毎日、作ったものだ。冷凍物や残り物を詰めただけということが多かったけど、おいしかった。

「どうですか？」

「ありません」

「たとえば」

近が話を続ける。

「近々母親が亡くなったらどう思う？」

あすかは一瞬、怪訝そうな顔をした。

（近さんは、どうしてそんな事を訊くんだろう？）

だが、あすかはすぐに「何とも思いません」と答えた。

「わたしはもうハレの世界に暮らす者ですから」

近はホッとしたような顔を見せると頷いた。近の表情が少し気になったが「世の親は子供たちに害を及ぼす毒よ」と蓼科一花が続けたので「まったくその通りだと思います」とあすかは応えた。

「子供にかまうのは子供を独占したいため」

「親自身のためですね」

「その通りよ」

「そのことをファザーに教えていただいて目が覚めました。わたしは新しい自分に生まれ変わります」

「母親の記憶も消し去りなさい」

昼間に言われてあすかは「はい」と応えた。

（母親の記憶……）

幼い頃の記憶はすでに消えかけている。消すような教育を〈ＮＲＧ〉で受けてきた。

（でも何か大事な記憶があったような気がする）

何だろう？　あすかは一瞬、記憶を辿った。

（わたしが泣いていたような気がする。そして走っていた……）

だが思いだせなかった。それでいいとあすかは思った。

「人類の新しい第一歩の始まりだ」

近が恍惚《こうこつ》とした表情で言う。

「聖母の受胎はイエスの誕生を凌《しの》ぐ人類史上、最高の出来事だわ」

菊原光希の目も異様な光を帯びている。

あすかの顔に、もう迷いの色は見られなかった。迷いを吹っ切ったあすかの顔は輝いて見えた。

「なんだか村野さんから後光が射しているよう」

光希がそう言った
「聖母大典のことだが」

幹部たちの顔が引き締まる。

「今回の聖母大典では信者たちの啓示白はやめようと思う」

「え？」

近が声をあげる。

「しかしファザー。〈ＮＲＧ〉の会合にとって啓示白は目玉となるものです」

「今回は特別だ。なにしろ聖母のお披露目《ひろめ》だ」

「それはそうですが一般信者たちの発言の場がなくなってしまいます」

「聖母の儀式に一般信者の発言など必要ない」

「では会合の目玉はどうなるのですか？」

「これから話す」

あすかは顔を引きしめて高泉の言葉を聞いていた。

37

壁面がガラス張りになっている窓辺の席から表の通りが見える。

渋谷ファイヤー通りのカフェ。待ちあわせの時間まであと五分。小島歌緒理が本当に来るかどうか気になって何度も表の通りと手にしたスマホの時刻表示に目を遣ってしまう。

（落ちつこう）

好美は手にしたアイスコーヒーのグラスを置くと目を瞑《つむ》った。目を瞑ったまま深呼吸をする。

「村野さん？」

呼びかける声がして目を開けた。好美の目の前に一人の若い女性が立っていた。

「はい。そうですけど……あなたは？」

「〈新しい神のルール〉の菊原と言います」

好美は虚を衝《つ》かれて言葉が出ない。

「坐っていいかしら？」

「はい。でも……小島さんは？」

「来ません」

呆然とする好美の正面に菊原光希は坐った。

「どうして菊原さんが」

「わたしの事をご存じなんですか？」

「お名前だけは」

「それは光栄」

ウェイトレスがやってきて菊原光希は好美と同じアイスコーヒーを頼んだ。

「村野さん。あなた、あすかさんの様子を知りたいんでしょう？　だったら小島さんより、わたしの方がよく知ってる」

高校生の小島歌緒理相手なら、うまく誘導して硲京太郎に頼まれた目当ての情報を聞きだす自信はあった。だが〈ＮＲＧ〉幹部の菊原光希がそう易々《やすやす》と内部情報を外部に漏らすとは思えない。

（どうしたらいいんだろう？）

途方に暮れて好美は手元のスマホに目を落とす。

「あすかさんは元気よ。何も心配する事はないわ」

「そうですか」

好美はまだスマホを見ている。

「どうしたの？」

「あの」

好美は顔をあげた。

「あすかの様子が判る写真を持ってませんか?」

菊原光希が好美を見つめる。

「写真ならスマホに入ってるわ」

菊原光希がバッグからスマホを取りだす。

「ありがとうございます」

スマホを受けとる。

「あすか……」

光希から受けとったスマホには白いミニのワンピースに身を包んだあすかが写っていた。

好美はスマホを握りしめしばらくディスプレイを見つめ続けた。

「あ」

ディスプレイから表示が消えた。

「すみません。スマホを握りしめてたらシャットダウンしてしまったみたいで」

好美からスマホを返してもらった光希は溜息をついてスマホの電源を入れた。

「もういいでしょ。あすかさんは元気。もうすぐ聖母になる。あなたも聖母の母親として自覚を持ってもらいたいわ」

そう言い残すと光希は千円札を置いて店を出ていった。

好美は菊原光希との面談を頭の中で反芻《はんすう》しながら、ゆっくりと残ったアイスコーヒーを飲みほした。

＊

三日後——。

電車がＪＲ中野駅に近づいたので好美は席を立ってドア付近に移動した。ドアの窓ガラスに自分の姿が映る。

（自分じゃないみたい）

肩先まで伸ばしていた髪は顎の位置よりもさらに短く切った。栗色の髪も黒く戻した。前髪は額でまっすぐに揃え丸い黒縁眼鏡を掛けている。いつも外出する時にしていた化粧も今日はしていない。ミニのスーツが営業における好美の戦闘服だったがＴシャツにジーパンを穿いている。

（これなら判らないかも）

好美と毎日のように接している会社の人間が街ですれ違っても判らないだろうと思える。普段から若く見える好美が服装のせいで、さらに若く見えている。京太郎からは〝年齢は三十二歳で通すように〟と言われた。〝そんなに若くは見えない〟と反論したが最後は京太郎の言葉に従う事にした。好美の変装は京太郎の指導の元で少ない手間で最大限の効果を表したようだ。

電車が駅に着いて好美はホームに降りたった。

（絶対に潜入する）

京太郎と羽田野から〝誰でも入信はできる〟と言われてはいるが身分証明書を出せないのは辛い。〝忘れた〟という言い訳が通用するかどうか。

（そのためにお布施……上級のオクトホンを買ってもいるけれど）

考えながら歩いているうちに〈ＮＲＧ〉中野支部に着いた。以前に支部内の講堂で催された神波会に出向いた事があるが、その時以来だ。

深呼吸をしてからブザーを押した。

――あの……入信希望の者なんですけど。

――お入りください。

入れた……。好美はホッとした。同時に心臓の鼓動が激しくなる。玄関ドアが開いて白いブラウスに黒のミニスカートの若い女性が現れた。

「こちらへ」

好美は女性に案内されて支部内に入った。室内の壁も白で統一されている。躯にゾワゾワとした小さな震えが走る。長い廊下を女性の後について歩く。誰ともすれ違わない。

「この部屋でお待ちください」

がらんとした白い部屋に一人で残された。

机と椅子の他には何もない。机を挟んでドア側と奥の壁側に椅子が置かれている。好美は奥の席に坐ってドアを見た。

（面談も形式的なものだけ）

京太郎と面談の練習をした事を頭の中でお浚《さら》いする。

ドアが開いて三十歳前後と思しき一人の女性が入ってきた。

「こちらの入信届にご記入ください」

一枚の用紙とボールペンを渡される。そこには住所、氏名、生年月日、連絡先、職業、略歴などを記入する欄が印刷されている。暗記した架空の名前、経歴を記入してゆく。名前は斉藤裕子《さいとうゆうこ》という平凡なものにした。

記入しながら女性が好美の手元を見つめる気配を感じる。ボールペンを握る手が汗ばむが、なんとか七、八分程で書き終える。女性が記入された申込書を手に取ると「それでは面接官による面接があります。このままお待ちください」と言って部屋を出ていった。

軀の緊張が少し和らぎ小さな息が漏れる。

（とりあえず入信届は書いた。後は）

ドアが開いた。

「あ」

好美は思わず声をあげた。入ってきたのは近壮太郎だった。

「何か？」

「あ、いえ」

心臓が破裂しそうになる。近は好美の真正面に坐った。近が好美の顔をまっすぐに見つめる。好美は思わず目を伏せた。

「どうしました？　顔をあげてください」

心臓の鼓動は激しくなるばかりだ。

（だけど、いつまでも顔を伏せていては怪しまれる）

好美は意を決して僅かに顔をあげた。上目遣いに近を見る。近の顔が間近にあった。好美を殺そうと走って追ってきた時の顔だった。恐怖が甦る。

（あの時の近の眼……。同じ眼がまたあたしを射貫いている）

見抜かれる……。そう思った。軀が震える。だが好美は逃げなかった。

（逃げたら余計に怪しまれる）

絶対に失敗は許されない。ならば勇気を振り絞って見つめ返すしかない。好美は顔を伏せがちにしたまま近の眼を見た。

「入信の動機をお聞かせください。どなたかの紹介ですか?」

「いえ。書店で本を見つけて」

近はメモを取っている。

「今まで〈NRG〉の会に出た事はありますか?」

「ありません」

近は殺人者だ。自分が村野好美だと気づかれたら命はないかもしれない。そう思うと軀が震えてくる。

「寒いんですか?」

「いえ……緊張して」

「リラックスしてください」

「はい」

「紹介もないし会に出た事もない。本を読んだだけで入信しようと思ったんですか?」

「オクトホンの効き目があったので」

好美はバッグからオクトホンを出した。最も大きい物で価格は一万円。

「これはいい物をお持ちだ。どこで購入を?」

「ネットです」

「ネットですか。しかしこんな高い物をいきなり？」

「いえ。最初は小さい物を買ったんです。それで効果があったので中型、大型と買いました」

「効果は？」

「小型を買ったときには体調が良くなったんです。腰痛があって」

「それが治った？」

「完全にではありませんが軽くなった気がします」

近は頷いた。

「中型を買ったときには宝くじが一万円当たったんです」

「それは良かった」

近はまだ笑みを見せていない。

「大型の効果は？」

「最近、買ったばかりで、まだありません」

「まだない？」

「すみません」

「謝らなくてもいいですよ」

「それであたし〈ＮＲＧ〉の会合に一度も出た事がないので一度は出てみたいんです。いちばん近い会合は聖母大典ですよね？」

「斉藤さん。あなたは聖母大典どころかまだ信者ですらないんですよ」

返事ができない。

「眼鏡を外してください」

「どうしてですか？」

「いいから外してください」

好美は躊躇った。

（眼鏡を外したら、あたしが村野好美だと判ってしまう）

その恐怖……。

（だけど頑《かたく》なに外さないのも不自然すぎる……。近は、あたしの化粧をした顔しか知らない。髪も長い時のあたししか知らない。大丈夫。判るわけがない）

好美は思いきって眼鏡を外した。

「その目」

好美は唾をゴクリと飲みこんだ。

「どこかで見た事がある気がする」

そう言うと近はスマホを取りだして〝ドリンクを〟と指示を出した。程なくしてドアが開き先ほど好美を部屋まで案内してきた女性がトレイに麦茶を一つ運んできた。

「どうぞ」

女性が去り再び二人きりになると近が好美に麦茶を飲むように促す。

「ありがとうございます。ただ喉は渇いていませんので」

近が無言で好美を見つめる。

「あなたが本気だという事は判りました」

近が口を開く。

「あなたの目を見れば判ります。思いつめたような目をしている」

喉が渇いた。

「入信を許可します」

好美の目が見開かれた。

「聖母大典にも、ぜひ来てください」

「ホントですか?」

「ええ。あなたには熱意がある。聖母大典出席の資格はあるでしょう」

「ありがとうございます!」

「これが大型オクトホンの効果かもしれませんね」

「たしかに」

「では今日は入信料一万円を払ってお帰りください」

「わかりました」

「本来なら支部内を案内してあげるところですが聖母大典を控えて忙しいので今はできないんです」

「あの……あすか……いえ聖母様はお元気なんでしょうか？」

近の眼が細くなった。

「あすか？」

「あ、いえ……あすか様……でしたよね？　聖母様のお名前は」

「村野あすか様です」

「ひと目、お顔を拝見できないでしょうか？」

「あすか様は聖母大典までは、どなたともお会いになりません」

「そうなんですか？」

「そうです。今日はここまでです。お帰りください」

近の言葉に好美は頷くしかなかった。

38

八月十七日。水曜日。

好美は聖母大典の会場にいた。〈NRG〉本部の講堂である。

午後一時三十分。式典開始時間の三十分程前だ。開始時間に遅れてはなるまいと好美は一時間前には会場に来ていた。舞台の前の座席には、すでに大勢の来場者たちが坐っている。好美は中程の席を選んで坐った。

（裕さんたち、間に合うわよね）

式典に出席する裕京太郎、笹本尚幸、粟津原高史の三人は教団幹部との面談をくぐり抜け入信する事ができた。

それぞれ京太郎指導の元、名前、髪型などを変え練習をした上で面談に臨んだ。

笹本を面談したのは伊能エマだった。伊能エマは笹本の顔もよく覚えていなかったようで面談は形式だけのものとなった。

粟津原の面談を担当したのは青木冴子だったが面談以外に考え事があったのか心ここにあらずといった体で、この面談も形だけのものとなった。

京太郎の面談相手は蓼科一花だったが京太郎のことを知るはずもなく無事通過した。

（あと二十分）

考え事をしているうちに時間が進む。

好美が着いたころには信者たちの姿も疎らで、その中に京太郎、笹本、粟津原の姿はなかった。

その後も人が会場に入る気配がするたびに後ろを振りむいて確認していたが未だに三人の姿は誰一人として見ていない。開始時間を過ぎれば誰も入場できない決まりとなっている。

（一人でも遅れればこの試みは成就しない）

会場は徐々に人で埋まり始めていた。

＊

車谷厚志は額の汗を手で拭いながら田舎道を歩いていた。

（あの踏切を越えた辺りだ）

村野好美の見込み客から契約の申込みがあり休暇中の好美の代わりに車谷が契約手続きに赴いたのだ。

踏切の遮断機が下りてカンカンと警報音が鳴っている。遮断機の手前には若い女性が一人立っている。

（あの人、荷物も持ってない）

車谷が違和感を覚えたとき靴に何かが触れた。見るとハンドバッグが落ちている。

（あの女性が落としたのかな？）

ハンドバッグの蓋が開いて中の物が地面に零れている。

（名刺も落ちている）

車谷はハンドバッグと名刺を拾った。

（新しい神のルール　青木冴子……）

名刺にはそうあった。

ハンドバッグが女性のものかどうか声をかけようとしたとき女性が遮断機をくぐって線路に足を踏みいれた。

（え？）

電車の音が近づいてくる。

（ちょっと）

車谷は辺りを見回すが自分と女性以外に誰もいない。電車が警笛を鳴らしながら近づいてくるが女性は線路の上に立って動かない。電車のブレーキ音らしき激しい金属音が聞こえるが電車は止まれそうにない。

（助けなきゃ）

そう思うが足が竦《すく》んで車谷は動くことができなかった。

＊

京太郎は聖母大典に向かうために電車に揺られていた。

Ｔシャツにジーパン姿である。

同じ車輛《しゃりょう》に笹本と粟津原が乗っているが、お互いに顔を合わせたり話をする事はない。〈ＮＲＧ〉の信者が乗っている可能性が高いから三人が知りあいだと悟られないための用心だ。

笹本も粟津原も、その点は心得ていて京太郎と目を合わそうとはしない。笹本はＴシャツとジーパン、粟津原はビジネススーツという普段とは違う服を着ている。笹本は髪をジェルで固めているし粟津原はオールバックにしている。

（全員が信者認定されてよかった）

好美を皮切りに京太郎、笹本、粟津原と会場入りするメンバー全員が無事に名を変え信者になる事ができた。

京太郎はホッとしたが勝負はこれからだ。身が引き締まる。勝てるという確信はない。

練習は充分にしたつもりだが演者は京太郎一人ではない。

（大丈夫。みんな、その道のプロだ。あとは時間通りに会場に着けば……）

大きな金属音がした。耳を塞ごうとしたとき軀が前方に飛ばされそうになり咄嗟に吊革《つりかわ》に摑まる。立っている乗客がほとんど前方に弾き飛ばされた。電車が急停車したのだ。

（何があった？）

車内が騒然としている。

――ただいま電車が急停車いたしました。お怪我《けが》はございませんでしたでしょうか？

車内放送が入る。京太郎は笹本、粟津原に目を遣る。二人とも座席に坐っていたので怪我はないようだ。

――お客様にはご迷惑をおかけいたします。ただいま踏切内に人が立ち入ったため電車が急停車いたしました。復旧までしばらくお待ちください。

京太郎は腕時計を見た。午後一時三十分。

（開演まであと三十分しかない）

もう一度、笹本と粟津原を見た。二人とも京太郎を見ていた。

39

好美は会場正面の壁に掲げられた大時計で時刻を確認する。

午後二時が近づいている。

（どうして、みんな来ないの？）

人が入ってくる気配がするたびに後ろを見て確認しているが京太郎も笹本も粟津原も姿を見せていない。

会場にベルが鳴り響いた。好美の胸が縮まる。

（始まる）

もう一度、後ろを振りむく。だが仲間の姿は確認できない。それぞれの変装後の姿も何度も見ているから現れればすぐに判る。

好美は前を向いた。壇上左から男性と女性が現れる。

男性は近壮太郎だった。近は手にマイクを持っている。女性は蓼科一花。左端に留《とど》まって壇上から見張るように客席を見下ろす。二人の登場で会場は一瞬にして静かになった。

「みなさん！」

マイクを通じて近の大きな声が会場に響く。

「間もなく我が〈新しい神のルール〉最大の式典である聖母大典が始まります」

心臓の鼓動が止まるような緊張感に襲われる。

「今回の式典では、いつも行われている信者のみなさんによる啓示白は取りやめとなりました」

「え？」

好美は思わず声をあげた。近が好美に目を向ける。好美は思わず顔を伏せた。

「驚かれるのも無理はありません」

どうすればいい？　好美がまた後ろを振りむこうとしたとき再びベルが鳴り響いた。

「始まりです」

近が聖母大典の開幕を宣言した。

場内が暗くなった。好美は唾を飲みこむ。舞台の左袖に微かに光が射す。一人の若い女性が現れた。

（あすか！）

女性はあすかだった。白いワンピースに身を包んだあすかが舞台中央に向かって歩いてゆく。

心臓の鼓動はますます激しくなる。好美は落ちつこうと胸を押さえた。あすかは演台まで進むと正面を向いた。その顔には迷いがなかった。

「聖母に選ばれた、あすかです」

あすかが凛《りん》とした声で言い放った。今あすかは会場のすべての視線を集めている。だが好美にとっては、ただの可愛い我が娘《こ》だった。

（絶対にあすかを取り戻す）

好美は拳を握りしめた。

「今日は、わたしの儀式のためにお集まりいただきましてありがとうございます」

そう言いながら、あすかは頭を下げずに正面を見つめている。盛大な拍手が湧き起こった。その拍手が鳴りやむ頃、舞台左袖から一人の男性が登場した。高泉劉幻である。拍手は再び鳴り響いた。好美の目が険しくなる。

「みなさん」

高泉の重く張りのある声が会場内に響く。

「今日は我が〈新しい神のルール〉にとって、かけがえのない大事な日です」

場内が静まる。

「私は神の子を産むための聖母を探し続けていました。そしてついに、あすかという最高の母体を発見したのです」

今さらながら、やりきれない思いが募る。

「今日、私は神の声を聞くために瞑想に入ります。そして神が決めた相手と、あすかは受胎の儀を行います。やがて、あすかは胎内に神の子を宿し本当の聖母となるでしょう」

盛大な拍手が湧き起こった。あすかが深く頭を下げる。

「私は、いったん舞台から消えますが聖母となるあすかがみなさんを見守ります」

盛大な拍手の中、高泉は舞台袖に消えた。あすかが舞台中央に向かってやや左側に置かれた椅子に坐る。

「神の声を聞く事ができるのは全人類の中で高泉劉幻様だけです！」

高泉が消えると近の声がした。

「本日は信者による啓示白はありません。代わりに後ほど教祖自ら霊能力を披露します」

どよめきが起こった。

「今日、お集まりのみなさんの中には教祖の御力をその目で見たことのない人が大勢いるでしょうから」

近は会場の反応を確かめると「その前に六聖人の一人、菊原光希が、みなさんの前で神の啓示を発表します。一般信者による啓示白ではなく六聖人の菊原光希による啓示白です」と告げた。

「菊原光希さんの訓話です！」

会場に盛大な拍手が湧き起こる。

　好美は胸元に手をやった。胸元には隠しマイクが仕込まれている。これによって好美の声は会場全体に届く。

　舞台左袖から一人の女性が現れる。菊原光希である。菊原光希は演台に着くと正面を向いた。演台にはマイクが立てられている。

「菊原です。今日は我が〈新しい神のルール〉にとって新しい門出となる日です」

　光希の声は凜として良く通った。

「この佳《よ》き日に〈新しい神のルール〉の原点をお話しします」

〈ＮＲＧ〉ナンバー２による訓話が始まった。

「わたしが教祖の偉大さを知ったのは、みなさんと同じように教祖にわたしの心の中をすべて見通された時です」

　一斉に拍手が湧き起こった。

「教祖と初めてあった日、教祖はわたしのすべてを見抜きました。わたしが親から虐待をされていたこと。わたしの哀《かな》しみ。そしてわたしの強さ……。そう、わたしは強くならなければ生きてゆけなかった。わたし自身が気づいていなかった心の奥底の強さまで教祖は見抜いてくれたのです」

　光希の口調は自信に満ちている。

（どう反論する？）

好美は頭を回転させようとする。だが言葉が出てこない。

（どうしよう……）

壇上では菊原光希が嬉々《きき》として高泉劉幻の透視能力を語っている。

「教祖は人の心を読む事ができるのです！」

「誰でもできますよ」

好美の背後から声がした。

「人の心を読む事など誰でもできますよ」

光希が言葉を止めた。信者たちもキョロキョロとしだした。

（聞き覚えのある声……）

好美は振りむいた。

「私はこれから、この講堂の中の、ある人の心の中を読みます」

好美には大勢の信者の中で発言する一人の男性の顔がハッキリと見えた。笹本尚幸だった。

（来てくれたんだ）

胸の中に安堵《あんど》が広がる。

「その人が誰かは今は言いません。でも言われた人は〝自分の事だ〟と気づくはずです」

「勝手に喋っているのは誰ですか⁉」

光希の鋭い声が飛ぶ。後ろを振りむいた信者たちの顔にも非難の色が見える。

「あなたは考えこみやすいタイプですね？」

光希の非難の言葉を無視して笹本は静かに話し続ける。

「それでもあなたは、いつも元気に振るまおうと努力しています」

会場内がざわつき始めた。

「静かに！」

光希の声が飛ぶ。

「みなさん。菊原さんのご命令です。どうぞ静かにして前をお向きください」

光希の言葉を利用して笹本が言った。信者たちは訝《いぶか》りながらも口を噤《つぐ》み前を向く。

「そんな自分を表現したくて、あなたは過去に詩や曲などの芸術作品を作ろうとした事があるはずです」

笹本の話は続いていた。会場内が少しざわついた。笹本は坐ったまま静かに話しているがその声は講堂内に響いている。胸元にマイクが仕込まれているのだ。

「創作の動機の底には肉親……たとえば親の事があるかもしれません。あなたは気づいていないかもしれませんが」

「だまりなさい」

「あなたはやればできる人です！」

笹本が声を張りあげた。

「だけど、あと一歩が踏みだせない。その証拠に捨てようと思っている古いカメラあるいはラジカセもまだ捨てられないでいる。だけど、あと一歩を踏みだしたいという気持ちがある限り、あなたは大切な人なんです。この世界にとって」

会場は静まりかえっていた。

「そう。私が読んだ……リーディングしたのはあなたの心です。自分だと判った人は静かに振りむいてください」

多くの人間が同時に振りむいた。振りむいた人間の数は徐々に増え続け、やがて会場を埋めた信者たちのほぼ八割が振りむいている。

「人の心を読む事は、このように簡単なのです。誰にでも当てはまる事を言えばいいのですから。それなのに言われた人は自分だけの事だと錯覚する。バーナム効果と言います」

「バーナム効果？」

「そうです。誰にでも該当するような曖昧で一般的な記述を自分だけに当てはまるものだと捉えてしまう心理学の現象です」

笹本の言葉の意味を捉えきれないのか会場に戸惑った雰囲気が漂う。

「誰かファザーを呼んできて」

光希のその声はマイクを通じて会場内に響いた。会場内が静かになった。誰もが笹本の言葉に衝撃を受けているようだ。

　舞台の中央左手に坐る村野あすかも衝撃を受けている一人だった。

（どういう事なの？）

　あすかの胸は大きく波打っていた。今まで絶対的な真理だと信じきっていたファザーの読心術がバーナム効果？

「教祖は本物の霊能者だ！」

　男性の声がした。

（昼間様）

　あすかの胸に光がサッと射した。声の主は昼間繁治だった。昼間繁治が舞台に現れたのだ。

「戯言《たわごと》に惑わされるな」

　昼間は静かに舞台中央に進む。

「あなたの言っている事はデタラメです」

　昼間が笹本に向かって声を張りあげる。

「あなたの言っている事は所詮は机上の空論。教祖は、もっと気高い位置に到達しているのです」

拍手が巻き起こった。笹本に揺さぶられて兆した信者たちの不安を払拭するように昼間の言葉は力強かった。

「バーナム効果が何ですか。私は教祖の霊能力を目の当たりにして〈ＮＲＧ〉に入信したのです。ここで教祖の霊能力を実際に見てもらいましょう」

昼間がそう言うと舞台袖から高泉劉幻が再び登場した。信者たちは固唾を呑んで高泉劉幻の動向を見守っている。

舞台に机が用意された。机の上にはコンパスカードすなわち円盤状の磁石が設置されている。その様子が舞台上のスクリーンに映しだされる。

高泉と昼間が机を挟んで向かいあって坐る。

（交神儀の前に霊気が室内に充満しているかどうか確かめるんだわ）

あすかも体験した事がある。

（あのとき教祖は念の力だけで物体を自由に動かした。手も触れずに）

その時と同じように高泉がコンパスカードすなわち円盤に手を翳した。円盤がゆっくりと回転し始める。場内がどよめく。高泉は一切、円盤に手を触れていない。

「ご覧ください。これが教祖の偉大なる霊能力です」

盛大な拍手が湧き起こる。昼間はその拍手を楽しむように笑みを浮かべて会場を見回している。やがて拍手が収まる。

観客席から低い笑い声が聞こえた。昼間の笑みが消え眉間に皺が寄る。

（誰？）

あすかは会場を見回す。

（さっきの人？）

あすかは笹本の席に目を遣る。だが笹本は笑っていない。

「誰だ⁉」

昼間が怒鳴るように尋ねる。

「馬鹿馬鹿しい」

笹本の席から三列ほど前、右よりの席に坐っている男性が話しているようだ。

（何なの？）

教団側に反論する人物が次々に現れるなんて、どういう事だろうか？

（今までこんな会はなかった。マスコミなどから非難される事はあっても〈ＮＲＧ〉の式典で教団を非難……糾弾する言葉を発するなんて）

わけが判らなかった。しかも反論した男の指摘は核心を突いているかのように教団ナンバー２の菊原光希は反論できなかった。信者たちにも動揺が走っているように見受けられる。

「手を触れずに物を動かすなど物理的にできるわけがないだろう」

「それができるから教祖様は偉大なのだ。一度でも交神儀を近くで見ればそれが判るはずだ」

「交神儀などインチキ霊能者の降霊術と同じだ。昔から繰り返し演じられてきた、まやかしのパフォーマンスに過ぎん。霊気でもなんでもない。方法は過去に記録がたくさん残っている」

過去にも霊気を操れる人間がいたということ？

「テーブルを動かすという宣言の元に集められた人間たちは自分たちがテーブルを動かしていたというだけの話。もし本当に霊気ならば手を触れなくてもテーブルは動くはず。いかがかな？」

「信者たちは動かしていない。テーブルが自然に動いたんだ」

「もちろん信者たちはテーブルを動かそうとして動かしたわけじゃない。意識はしていない。無意識のうちに動かしてしまったんだよ。こっくりさんのようにな。信者たちは〝テーブルが動く〟という高泉の言葉に暗示を掛けられたんだ」

「詭弁《きべん》だ」

「詭弁ではない。いわば催眠にかけられたようなものだ。いずれにしろ参加者が触っていなければ何も動かない。本当に霊が動かすのなら参加者が触る必要はない」

「論より証拠だ。お前も教祖がコンパスカードを動かしたところを見ただろう」

近が男を睨む。

「高泉が動かす事ができるのは鉄だけだ」

「なに？」

「高泉は歯に小さな磁石を仕込んでいるんだよ」

　歯に？

「その証拠に高泉が円盤を動かすときには必ず顔を近づけている」

　不思議な事に霊能力と信じて疑わなかったその様子が歯の中に仕込まれた磁石を近づけているようにも思えてくる。

「違うというのなら顔を近づけずにコンパスカードを動かしてみろ。できるか？」

　高泉は答えない。

「できないようだな」

「あなたに言われてやる義務はない」

「私なら顔を近づけずに円盤を回す事ができるがな」

　舞台裏通路のドアが開き信者の一人が客席に向かって歩いてゆくのが見えた。その女性は客席に坐る一人の女性の脇に止まって屈《かが》みこみ耳打ちしている。耳打ちされた女性は頷くと立ちあがり目立たぬように連れだって講堂後方のドアから出ていった。

（あれは……）

出ていった女性は小島歌緒理だった。

（どうして小島さんが？）

あすかが考えていると「注目！」という男の声が聞こえた。

折りたたみ式だろうか、いつの間にか男は通路側にテーブルを置いていた。その上には円盤が設置されている。その様子がスクリーンに映しだされた。

あすかは壇上から男を凝視する。すると男が用意した円盤は、にわかに回転し始めた。

（ウソ……）

あすかは目の前の光景が信じられなかった。

男は円盤に一切手を触れていない。それどころか顔も近づけていない。何もしていない。それなのに円盤は回転し続けているのだ。

「私と高泉、どっちが凄い霊能力者かな？」

「まやかしだ」

昼間が呟くように言った。

「これがまやかしなら高泉のパフォーマンスだってまやかしだ」

「ちがう」

昼間の声にはどこか焦りの色が見えるとあすかは感じた。

「この会場にケガレが紛れこんでいる」

昼間はそう言うと一歩、前に出た。

「これから教祖にケガレの正体を暴いてもらいましょう」

あすかは祈るような気持ちで昼間を見つめる。

「教祖様。信者に念を送ってください。その信者の頭の中に神の声が聞こえるように」

高泉が頷く。

「そこのあなた」

高泉が中程の席に坐る女性を指さした。

「わたし、ですか？」

「そう。あなただ。名前は？」

「小島です」

あすかは目を見張った。選ばれたのは小島歌緒理だった。小島歌緒理は、いつの間にか自分の席に戻っていた。

（小島さんが選ばれたんだ）

不思議な気がした。大勢の信者の中から、よりによって友だちが選ばれるなんて……。

「小島さん。今からあなたに念を送る。それであなたは神の声が聞こえるようになる。神の言葉はあなただけに聞こえる。その声を会場のみんなにも教えてあげなさい」

「わかりました」

蓼科一花が舞台から降りて小島歌緒理にマイクを渡す。

「小島さん。目を瞑ってください。しばらくすると、あなたの頭の中に神の言葉が聞こえてくるはずです」

　小島歌緒理は頷くと目を瞑った。

　会場が静かになった。舞台正面上方の時計が時を刻む音が会場に小さく響く。

「頭の中に神の声は聞こえましたか？」

「聞こえました」

　会場全体が息を呑む様子が伝わる。

「その言葉をそのまま会場の人たちに教えるんです」

　あすかは小島歌緒理を見つめた。

「この会場の中にケガレが二人、侵入しています」

　小島歌緒理が話しだした。

「一人は……。笹本という名前です」

　会場がざわめく。

「もう一人は……粟津原という名前です」

　そこまで話すと小島歌緒理はガクリと頭《こうべ》を垂れた。

「終わりましたか？」

高泉が訊いた。小島歌緒理は我に返ったように目を開けて緊張した面持ちで高泉を見た。

「はい。神の声はもう聞こえません」

高泉は満足げに頷くと「ケガレは笹本教授と粟津原教授でしたか」と呟いた。

「笹本教授は心理学者。粟津原教授は物理学者。どちらも我が〈新しい神のルール〉を敵対視しているケガレた存在だ。その二人がこの会場に紛れこんで騒ぎを起こしていたとは」

「間違いありませんか？　笹本教授に粟津原教授」

高泉の言葉を受けて昼間が会場に向かって呼びかける。あすかは先ほど菊原光希と昼間繁治に反抗した二人の男性に目を遣る。二人とも険しい顔で口元を結んでいる。その様子から小島歌緒理が聞いた神の声が間違っていなかったのだとあすかは思った。

「笹本先生と粟津原先生は以前から我が〈新しい神のルール〉を敵視している。我々を貶《おとし》めるためなら、どんなペテンも厭わないでしょう」

高泉は笑みを浮かべて話している。その顔を見て安堵したのか会場内の空気が和んだ気がした。

「教祖様はその霊能力で信者の頭の中に神の声を届けました」

昼間が言う。

「この信じがたい力。みなさんは奇跡を目の当たりにしたのです」

「サクラですよ」

別の声がした。

（また？）

胸の辺りがゾワゾワする。菊原光希に対抗する笹本教授が現れ昼間繁治に対抗する粟津原教授が現れた。

（またファザーに対抗する人が現れたっていうの？）

一体どうなっているの？　そして今度はどんな人物が現れたのか？

「仕込みですよ。サクラです。いま神の声を聞いて発表した信者は予め、そう言うように言い含められていたのです」

「そんな事ができるわけないだろう」

昼間が反論した。

「この会場に笹本や粟津原が紛れこんでいた事は誰も知らないんだ。それこそ神でなければ名前を見抜けない」

昼間は小島歌緒理に顔を向けた。

「小島さん、あなたは笹本や粟津原の名前を知っていましたか？」

昼間の問いに小島歌緒理が首を横に振った。

「この通りです。彼女はまさに神の声を聞いたのです」

「小島さん。あなたはさっき、一旦、会場を抜けましたよね」

京太郎の指摘にあすかは思いだした。

（たしかに小島さんは一旦、会場を出てからしばらくして戻ってきた）

小島歌緒理の顔を見ると蒼白《そうはく》だ。

「その時に舞台裏で〝神の声〟を聞かされたんですよ」

「口から出任せを」

昼間が怒りの目を京太郎に向ける。

「これがデタラメでない事は当の彼女が一番よく知っているはずです」

みなの視線が小島歌緒理に集まる。歌緒理の顔は蒼白だ。

「お久しぶりです、マジシャンの新井康則さん」

壇上から誰が発言しているのかが見えた。後方の席に坐る若い男性だ。

（でも……アライヤスノリって誰？）

聞いたことのない名前だった。

「誰だ、お前は」

高泉劉幻の顔から笑みが消えている。

「マジシャンの硲京太郎です」

硲京太郎？

（たしか、おかあさんが契約を取ったマジシャンだ）

あすかはその名前を覚えていた。

「知らないな」

「マジシャンを抱える事務所で新井康則と同僚だった硲京太郎ですよ」

会場がざわつき始めた。

「新井康則はマジシャンだったんです。その新井は事務所の金を盗んで姿を眩ませました。その後、名前を変えて教団を立ちあげたんです。だから今のマジックが出来たんです」

「何から何までデタラメだ！」

高泉が怒鳴る。

「お前、教祖がマジシャンだったとでも言うつもりか！」

近が京太郎を睨む。

「そんなことは言いません」

京太郎の顔には微かな笑みが浮かんでいる。

「マジシャンだったのは高泉劉幻ではありませんから」

「え？」

近が声をあげる。

「高泉を裏から操っていた人物。その人物がマジシャンだったんですよ」

裏から操っていた人物……。

「そうですよね？　昼間さん」

会場が静まりかえった。だが、すぐにざわめきが起こる。

「昼間さんが……マジシャンだった？」

菊原光希が呆然と呟く。

「そうです。だからこそ数々の奇跡を起こせたんですよ。六聖人は〈NRG〉の真の教祖は高泉劉幻ではなく昼間繁治だと知っていたはずです」

会場のあちこちから「嘘でしょ……」という声が聞こえる。

「高泉が行ってきた奇跡はすべてマジシャンなら苦もなくできるものです。人の心を読む能力もマジシャンならコールドリーディング、ホットリーディング、バーナム効果を使って自由に駆使できます。それは笹本教授が証明してくれました。交神儀もただの物理現象だと粟津原教授がその原理を解説してくれました。コンパスカードもマジックの技ですよ。そのマジックを猛特訓した粟津原教授が証明しています」

硲京太郎の説明は理路整然としていた。

「高泉劉幻の奇跡はマジックでできるんです。いえマジックやトリックでしかできないものです。その事を知っていて実際にマジックができるのはジニアス新井という凄腕のマジシャンだった昼間の方なんですよ」

「しかし」

「昼間は所属していた芸能事務所の金を持ち逃げしています。だから表に出ることはできない。それで高泉劉幻という傀儡《かいらい》を作って教団を牛耳っていたんです」

「デタラメを言うな」

「デタラメではありません。僕はあなたの顔を知ってるんですから」

会場が大きくざわめく。

「お前が嘘を言ってるんだ」

「昼間はいつも高泉につきそって行動しています。そうやって高泉の行うマジックを支えていたんですよ。高泉が奇跡を見せる時には必ず昼間が側で控えているんです。高泉がきちんとやり仰せるか見張っていたんですよ。失敗しそうな時にはフォローできるように。そのために〝おつきの者〟という便利な役回りに就いたんです。二人のつきあいは長いんです。二人は〈新しい神のルール〉の前身である〈虚ろ舟〉の頃から一緒でした。その〈虚ろ舟〉では昼間の方が高泉よりも序列が上だったんですよ。つまりその頃から昼間が高泉に命令する立場にあったんです」

「〈虚ろ舟〉ではそうだったとしても〈新しい神のルール〉になって変わったんだわ。〈新しい神のルール〉では昼間さんは六聖人にも入ってないもの」

小島歌緒理の声がマイクに拾われる。

「六聖人よりも上の存在だから六聖人には入っていないのです」

「え？」

「高泉も〈NRG〉の階層で言う六次元に属していますよね。教祖である高泉が七次元ではなく六次元で留まっているのは変だと思いませんか？」

「それは……」

「七次元には昼間がいるからです。昼間こそ〈NRG〉において神にも等しい存在なんですよ。一般信者たちは高泉を教祖と呼んでいますが、高泉を含めた六聖人は昼間のことを別の称号で呼んでいるはずです」

「ファザー……」

あすかが呟く。

「なるほど。六聖人は昼間のことをファザーと呼んでいるんですか」

あすかがあわてて口を押さえた。

信者たちは誰も言葉を失っているようだ。

「あなたがたの唱えるマントラ〝神は視えない〟……。これは神＝本当の教祖は六聖人以外には視えていない事を表していたんです。六聖人になって初めて昼間が真の教祖だという秘密を知らされる。つまり〝神が視える〟ようになるんです」

「そんな……」

会場のあちこちで戸惑いの声が漏れている。

「高泉は言葉を発する前には必ず六聖人に頭を下げています。しかしこれは六聖人にではなく、その側にいつもいる昼間に頭を下げていたんです」

会場全体が呆然としている。

「実は〈新しい神のルール〉という名称は昼間の本名である新井康則から採られているんですよ」

「え？」

あすかが思わず大きな声をあげる。

「〝新しい〟は〝新井〟から。〝ルール〟は〝康則〟の〝則〟すなわち規則＝ルールから」

「ウソ……」

あすかの呟きがマイクを通して会場に響く。

「新井康則」

京太郎の視線が昼間を射貫く。

「あなたを直接知っている僕が現れた以上、もう言い逃れはできない。あなたは髪型も服装も変えて変身を遂げた。僕も最初は判らなかったけど思いだしました。あなたは僕と同じ芸能事務所に所属していたマジシャンだった。そして女性事務員や所属の女性タレントたちにセクハラ行為をして、それを咎《とが》められると事務所の金を持ち逃げして姿を消した」

何が何だか判らなかった。頭が混乱している。

「裕さんは何のためにこんな事をしているの？」

思わずあすかは呟いていた。その声はマイクを通して会場に響く。

「笹本さんも粟津原さんも裕さんも、どうしてこの会場に乗りこんできたの？」

それが先ほどからずっと感じている疑問だった。

「どうして？」

「あなたを受胎の儀から救うためですよ。それには今日しかなかった」

「わたしのことを知らないのに。なのにどうして、わたしを救おうなんて」

「村野好美さんに頼まれたんです」

「え？」

「あなたのおかあさんに頼まれたんですよ。あなたを救ってほしいと」

「私もですよ」

笹本が言った。

「私もだ」

粟津原も割って入る。

「おかあさんに……」

「そうです。あなたのおかあさんは必死になって私たちに頼んだんです。娘を取り戻したいと」

「ウソ……」

「戯言《たわごと》に惑わされてはいけません。さあこちらへ」

昼間があすかに向かって右手を差しだす。

「汚い手で触るな！」

女性の大きな声がした。あすかはビクッと軀を震わせ振り返る。全員が席に坐る中、一人の女性が立っていた。

（おかあさん？）

髪が短くて大きな眼鏡を掛けている。Tシャツにジーパン……。

（服装に見覚えはないけど）

立っている女性はおかあさんだ……。

「騙されないで、あすか。その男は聖人なんかじゃない。硲さんが言ったように元マジシャンの詐欺師よ」

あすかはいま起きていることが信じられなかった。

（おかあさんは、わたしに興味がない。表面的には母子を演じてはいるけど根の深いところでは興味なんかない。ファザーが何度も教えてくれた。それはわたし自身がずっと感じ続けてきた事）

誰にも言えない、言った事がない思いをファザーは看破《かんぱ》した。

（そしてわたしの心を癒してくれた。そのファザーがインチキだなんてありえない）

だけど……。

「〈ＮＲＧ〉は過去に人を殺している」

母の発した言葉があすかの頭の中で意味を結ばない。

〈ＮＲＧ〉が人を殺した？

「殺人を命じたのは昼間繁治。あなたがファザーと崇《あが》める男、本名、新井康則。実行犯は蓼科一花と近壮太郎」

　動悸を感じる。

（おかあさんは何を言っているの？）

　聖人たちが殺人を犯すわけはないではないか。

「殺されたのは園山暁さん。〈ＮＲＧ〉の信者よ」

　会場内は静かだ。誰もが息を呑んでいるようだ。

「昼間は霊能力を演出するために事前に入信希望者や信者たちの身元を調査していた。事前調査によって得られた知識を、さもその場で霊能力によって感知したかのように装っていただけなのよ」

　あすかはわけが判らないまま母親を見ている。

「その事前調査を請けおっていたのが〈イーグルリサーチ〉という調査会社。〈NRG〉の関連会社で社員は近壮太郎と蓼科一花の二人しかいないわ」

近壮太郎が好美を睨む。蓼科一花も真っ青な顔で好美を見ている。

「昼間から信頼された園山さんは〈イーグルリサーチ〉に配属された。ここでやっている事は外には漏らせないから信頼できる人物じゃないと送りこめない。でも園山さんには理性と正義感が残っていた。〈NRG〉のためにやっている不正を外部に公表しようとした。週刊誌の〈ワード〉にね。それを察知した高泉に殺されたのよ」

「デタラメを言わないで、おかあさん」

「デタラメじゃないわ。現にあたしも殺されかけた。そこにいる近壮太郎と蓼科一花にね」

「本当なのか？　近、蓼科」

昼間の問いかけに近も一花も無言で首を横に振っている。

「村野好美さん。近も蓼科も否定している。あなたは嘘を言っている。しかも人を殺人者呼ばわりだ。これは犯罪ですよ」

「近も蓼科一花もあたしを殺そうと走って追っかけてきた。あたしは必死で逃げた。だからここにいる。あたしは嘘は言っていない。本当の事を言っているの」

「摘みだせ」

昼間が命じた。近と一花が好美に向かって一歩、足を踏みだす。

「聖人がお金を集めると思う？」

近と一花の足が止まる。

「神波会に五万円？　本当に悩める人を救いたいのなら無料で行うべきよ」

「無料じゃ会場を借りられない」

近が割りこむ。

「だったら会場費だけ徴収すればいいわ。出したお金の額によって救われかたが違うなんて理屈に合わない。神様はお金を欲しがっているの？　神はお金の額によって効き目を調節するの？」

「出す人間の心の問題だ。救われたいと思う気持ちが強い者ほど多額の金を出す」

「貧乏人は救われないのね。でもそんな苦しい人を救ってこそ宗教でしょ」

反論しなければ。あすかはそう思った。だが反論の言葉が出てこない。

「オクトホンに値段の差があるのが理解できない。本当に信者たちを救いたいのなら一番いいオクトホン像を千円で売ればいいじゃない。そう思わない？　信者のみなさん」

あすかは信じられない思いで母を見ていた。

（おかあさんが、こんな強い人だったなんて）

神の化身であるファザーに立ちむかっているなんて……。

「昼間繁治は都内に豪邸を構えているわ。昼間だけじゃない。近壮太郎と蓼科一花は都内のタワーマンションを与えられて住んでる」

初耳だった。

「清らかな魂を得た報酬です」

昼間は慌てた様子もなく淡々と答える。

「邪悪な魂を浄化した功績に対して当然の報酬を得ているだけです。あなたがたも、いずれ報酬を得られるでしょう」

何人かの信者たちが頷いている。

「逆に邪悪な魂のままの者は浄化されなければなりません。それがあなたがたの親なのですよ。親の愛情はまやかしです。親の関心は世間体だけなのです」

あすかは深く頷いた。だからここに逃げてきた。

「だから親はあなたがたを束縛するのです。縛りつけるのです。見えない鎖で。その鎖を断ち切るには〈新しい神のルール〉に入るしかないのです」

「あなたは断ち切ったの？」

好美が昼間に言った。昼間は答えない。

「神に訊いてみましょう」

好美が言った。

「神の声が聞こえてきました」

おかあさんは何を言っているの？　どうかしちゃったの？　あすかの鼓動が激しくなる。

好美はゆっくりと歩き始める。小島歌緒理の横で止まる。

「わたしが感受した神の声をあなたの頭の中に送ります。もちろん他の人に神の声は聞こえません。神の声はあなただけに聞こえるのです」

そう言うと好美は両手のひらを開いて小島歌緒理の頭部側面に左右から包むように当てた。その瞬間、小島歌緒理の目が見開かれた。

「神の声は聞こえましたか？」

小島歌緒理は目を見開いたまま答えない。

「あなたは神の声をここに集まった人たちに伝える責任があります。神は何て言っているのですか？　神の声を正確に繰り返してください」

「あの……」

歌緒理は困惑した顔で口籠もる。

「あなたの頭にはどんな言葉が聞こえたんです？」

「昼間さんが、親を捨てていないと」

歌緒理の言葉が頭の中で意味を結ばない。

（ファザーが、親を捨てていない？）

あすかは今までファザーの親の事を考えた事はなかった。

「昼間さんの母親は介護施設に入っていて、たまに昼間さんが面会に行っているって」

そこまで言って歌緒理はハッとしたように右手で口を押さえた。

「変ね」

好美の声は落ちついている。あすかには信じられなかった。自分の母親が神にも等しきファザーと対等に渡りあっているなんて。

「〈ＮＲＧ〉の教義は親子の縁を切る事じゃなかったの？　それなのにファザー自身が親子の縁を切っていない。これは教団の根幹を揺るがす大問題ね」

あすかは混乱していた。歌緒理が放った言葉の内容もさることながら母親が歌緒理の頭の中に〝神の声〟を送りこんだ事も驚愕すべき事だった。

（おかあさんはどうやって歌緒理の頭の中に神の声を送りこんだの？）

今までファザーだけが起こしうる奇跡だと思っていた力を自分の母親が操っている。

「昼間繁治の母親は千葉の施設に入居しているわ。昼間はそこに毎月通って母親と会っている」

「ファザー」

高泉が呟いた。その呟きはマイクを通して信者たちの耳に届いた。

「やっぱり本当だったんだ。教祖よりも昼間さんが上だって」

そのことが全信者の前で露呈した。

「信じない」

菊原光希が呟く。

「本当の事よ、菊原さん。あなたはもう少し物事に疑問を持った方がいいわ」

母親が教団ナンバー2の聖人である菊原光希に対して押し気味に話している様子をあすかは信じられない思いで眺めている。

「たとえばあなたは自分のスマホのパスコードにしても絶対に人には判らないと思いこんでいるでしょ？」

「もちろんよ。人には判らないわ」

「ところが、あたしには判るのよ」

「判るわけがない。わたしのスマホのパスコードはわたししか知らないのだから」

「では神の声を聞いてみましょうか」

好美が目を瞑り、しばらくして目を開けた。

「あなたのスマホのパスコードは……具体的な六桁の数字を言うのは控えましょうね。みんなに判ってしまうものね。あなたは小学校六年生の時の学年とクラス、出席番号を並べた数字を使っているでしょ」

光希の顔が蒼ざめた。

「それで四つ分の数字だけど、まだ六桁には二つ足りない。その二つは……そうね、出身校である西尾《にしお》小学校の〝西〟を数字にした２４をつけ足したものね？」

「どうして……」

光希の様子から会場の信者たちは好美の言葉が当たっている事を悟った。

「誰にも言ってないのに。メモも残していない。完全にわたしの頭の中だけにしか存在しない数字なのに」

「あたしには判るの」

「信じられない」

「どう？　あたしとファザー、どっちの力が凄いか判った？」

「ファザーは……絶対よ」

「ファザーの力が絶対なら地震も予知できるはず」

「地震の予知？」

「そうよ。ファザーの力が本物ならね」

「できるわ」

光希が言った。

「だったら試してみましょうか」

好美が昼間を射貫くような目で見る。

「昼間さん。地震予知をしてみてよ。いま地震が来る？」

「今？」

「そう。今」

「来るわけがない」

昼間が反射的に答える。

「あたしは来ると思うわ」

「いま？」

あすかは思わず訊いていた。

「そう今」

好美が右手を高く突きだして人差し指を一本、立てた。

あすかは息を呑んだ。

（一分後に地震が来る？）

もしそれが本当なら逃げなくていいのだろうか？

（ハッ）

わたしは何を考えているのか。ファザーが〝来るわけがない〟と言ったではないか。それなのになぜ一般人である母の言葉を一瞬でも信じてしまったのか。

（ファザーと同じような能力を見せられたから……）

小島歌緒理に神の声を聞かせ菊原光希のスマホのパスコードを言い当てた。そのことに惑わされてしまったに違いない。

（でも、あれはマジックなんだ）

ファザーもそう言っていた。だけど母のパフォーマンスがマジックならファザーの予知は？　そこまで考えたとき壁の大時計を見た。好美が一本の指を掲げてから四十秒が経過していた。誰もが言葉を発せず時計に注目しているようだ。

五十秒が過ぎた。

（あと十秒……）

九、八、七……。

軀に違和感を覚えた。

（揺れてる？）

あちこちのスマホが鳴りだす。頭の中に得体の知れない大音量が巻き起こる。軀が傾く。

「地震だ！」

信者の誰かが叫んだ。あすかは軀が揺れて立っていられなくなり椅子に摑まった。あちこちで悲鳴があがる。

（逃げなければ。地震が来た。おかあさんの予知は当たった。ファザーも予知できなかっ

たのに)

あすかは昼間を見た。昼間は呆然とした顔で立ち往生している。

会場内が暗くなった。一瞬、会場内が静かになる。悲鳴をあげていた人たちも虚を衝かれて声を止めたようだ。

(地震の影響で停電した?)

判らない。

「止まれ!」

静寂の中を良く通る声が響いた。

(おかあさんの声だ)

場内が明るくなった。

「いま地震を止めたわ」

好美の声が会場内に響く。

(揺れが収まっている)

会場内のパニックも収まった。

「あたしにはどうやらファザー以上の能力があるようね」

「地震の事は私も判っていた」

「負け惜しみはやめて。新井康則さん」

音声が流れた。

――いま地震が来る？

――今？

――そう。今。

――来るわけがない。

――あたしは来ると思うわ。

音声が止まった。

「動かぬ証拠が残っていたわね」

会場は静かなままだ。みな、この事態をどう受けとめていいのか判らない様子だ。

「あすか」

好美が視線をあすかに移して呼びかけるとあすかは好美を見た。

「ごめんなさい」

好美はまっすぐにあすかを見つめている。その目は微かに涙ぐんでいるようだ。

「あすかにずっと謝りたかった。あの時のこと」

あの時？

「もう一度、あすかを抱きしめてあげたい。抱きしめたい。お願い。帰ってきて」

「あの時って？」

あすかは思わず訊いていた。

「あすかがまだ小さい頃よ。お友達にお人形を貸してあげなかったとき」

あすかは覚えていなかった。

「〝貸してあげなさい〟って何度言っても貸さないから頭に来て思わず〝あすかなんか嫌いよ！〟って言ってしまったの」

「ウソ……」

その言葉だけを覚えている。

――あすかなんか嫌いよ！

胸の奥にずっとわだかまっていた言葉。

「後悔してるわ。あの時は頭に来て言ってしまったけど、もちろん本気じゃないわ」

「口から出任せを言うな」

昼間が唸《うな》るような声で言う。

「茶番を終わりにしよう。村野好美を捕まえろ。それから不法侵入と名誉毀損で警察に電話しろ」

近と蓼科一花が頷く。

「さあ聖母大典を続けるのだ。おいで」

昼間があすかに手を差しのべる。

「受胎の儀を始めよう」

あすかは思わず振りむいた。あすかの両脇を近と蓼科一花が通り過ぎる。

近と蓼科一花は足早に村野好美に向かって進んでいる。

母の顔が見えた。まっすぐにあすかを見つめている。

その顔を見て今まで記憶の彼方《かなた》に忘れていた幼い頃の光景が脳裏に甦った。

（わたしが、ちっちゃい頃、わたしは泣きながらおかあさんに抱きついていった……）

あれは何だったのか、思いだせない。

（でも、たしかにわたしはおかあさんに走っていった。そして抱きついた。おかあさんはわたしを抱きしめてくれた）

その時のホッとした気持ち、母の優しい懐をあすかは思いだした。おかあさんはいつだって……。

「捕まえろ」

高泉の声がする。近と蓼科一花が近づくが好美は逃げない。近が好美に手を伸ばした。

「おかあさん！」

近と蓼科一花が振りむいた。あすかは走りだしていた。

高泉が目を見開いた。蓼科一花があすかを止めようと手を伸ばす。その手をすり抜けてあすかは好美の胸に飛びこんだ。

「あすか！」

「おかあさん！」

好美があすかを抱きしめる。幼い頃のように涙が溢《あふ》れる。好美は何も言わずにあすかを抱きしめている。

「あすか様。ファザーの元にお戻りください」

近が声をかける。

「〈ＮＲＧ〉を脱会します」

あすかが好美に抱きついたまま言った。

「脱会します」

その言葉は好美のマイクを通じて会場内に響いた。その声を高泉は呆然と聞いていた。

40

羽田野範之は池袋の喫茶店〈耕路〉で菊原光希と会っていた。

「あすかさんのおかあさんに、わたしのスマホのパスコードを言い当てられた時は本当に驚きました」

菊原光希が言った。

「裕さんがタネを仕込んだマジックですよ」

「マジック？」

「そうです。裕さんはあなたのパスコードを事前に摑んでいたんです。聖母大典の直前にあなたと村野好美さんは喫茶店で会いましたよね？」

「ええ。あの時は村野さんが小島歌緒理さんに会おうとしていたんです。そのことを小島さんから聞いて〝わたしが会った方がいい〟って判断したんです。村野さんが小島歌緒理さんに何か仕掛けてくるような気がして……」

「その通りです。村野さんは小島さんから本部の内部情報を聞きだすつもりだったんです。ところが予想に反して小島さんではなく、あなたがやってきた。それで咄嗟に作戦を変更しました」

「咄嗟に変更？」

羽田野は頷くと「その時に村野さんは、あなたからスマホを借りて、あすかさんの写真を見ましたよね」と続けた。

「ええ。村野さんは、あまりに真剣にあすかさんの写真に見入ってスマホを握りしめるあまり、わたしのスマホをシャットダウンしてしまったんです」

「それは裕さんの指示なんです」

「え？」

「裕さんは同じ喫茶店、それもあなたの後ろの席にいたんですよ。それでスマホで村野さんに指示を出していたんです」

「そうだったんですか。言われてみると村野さんはわたしとの話の最中にも、よくスマホを見ていたような気がします」

「裕さんの指示を見ていたんです。その指示通りに村野さんはあなたのスマホをうっかりを装ってシャットダウンさせた。その時にあなたはパスコードを入力してスマホを起動させた。その指の動きを後ろの席から裕さんが見ていたんです」

「そうだったんですか。さすがマジシャンですね」

「マジシャンは、いつかマジックを披露するかもしれない時に備えて、あらゆる準備をするものです。あ、これは裕さんの受け売りですが……。裕さんは聖母大典の前からタネを集めて仕込んだ結果、そのマジックが大きな役割を果たしたんです」

「小島歌緒理さんが聖母大典で神の声を聞いたのも、やはり昼間との打合せがあったんですよね」

「そうです。小島さんはサクラだったんです。ここでも硲さんが見抜いたことが昼間を倒す決め手になりました。ある読心術系のマジシャンのマジックを〝サクラを使っている〟ってユーチューブで暴露したマジシャンがいましたけど昼間もその手を使ったんです。もっともマジックに関してはサクラも立派なトリックだと僕は思いますけど」

「でもその後は？　小島さんは昼間によって神の声を聞かされた後、村野好美さんにも神の声を聞かされてますよね？　あれは小島さんの頭の中だけに聞こえたんですよね？」

「骨伝導イヤホンを使ったんですよ。人は鼓膜を使わなくても耳周辺の骨の振動を使っても音を聞く事ができますからね」

「電車の中でたまにそれで音楽を聴いている人がいますけど……」

「そうです。あのとき村野好美さんが手で小島さんの頭に触れたのを覚えていますか？」

「指が小島さんのこめかみ辺りに触れていたような気がします」

「その指にはマジックで使う指サックが嵌められていて、そこに骨伝導イヤホンが仕込まれていたんです。そのイヤホンを通して予め録音しておいた昼間についての情報を再生して小島さんだけに聞こえるようにしたんです。このマジックを村野好美さんは硲さんの猛特訓を受けて練習していたんですよ」

「またしても硲さんの仕込みですか」

「あらゆる場合を想定して準備していた硲さんのマジシャンとしての凄みだと思います」

光希は頷いた。

「昼間が高泉にマジックを伝受したように硲さんは村野好美さんにマジックを伝受したんです。つまり昼間と同じやりかたで昼間を倒したんです」

「粟津原教授も霊能力を見せてくれましたけど……」

手を使わずにコンパスカードを動かした。しかも高泉のように歯に仕込んだ磁石を使おうと顔をコンパスカードに近づけてもいない。

「粟津原教授は靴に磁石を仕込んでいたんです」

「靴に……」

「ええ。あの時はみんな〝顔を近づけるかどうか〟に注目していましたから靴を使っていることに気がつかなかった」

光希は感心したように息を漏らした。

「地震は？　村野好美さんの予言通りに地震が起きました」

「あれには僕も一役買ってたんですよ」

「羽田野さんが？」

「そうです。元々は硲さんが〈ＮＲＧ〉本堂の近くを航空機が飛ぶ予定を掴んで、そこから計画したマジックですけど」

〈ＮＲＧ〉本堂の近くには航空自衛隊の入間基地があり自衛隊航空機の発着が行われている。

「事前に硲さんが本堂の窓ガラスの外側に透明のアクリル板を取りつけておいたんですよ。大きな地震が来る前段階として窓ガラスなどがガタガタと揺れる事が知られている。実際に航空自衛隊の戦闘機の飛行による空気振動が広範囲で地震と誤認された例がある。微かな空気の振動で大きな音が鳴るように」

「あの日、聖母大典の会場に詰めかけた信者たちは不安な気持ちに襲われていましたよね。笹本さんや粟津原さんが高泉を攻撃していましたから。そんな事は今までありませんでした」

「そして村野好美さんが地震を予言した。そこに予定通りに近くを飛んだ航空機が空気の振動を起こして細工された窓に伝わった」

「窓ガラスが一斉に振動の音を立てたときに〝地震が来た〟って思ってしまったんです。こちらにとって都合のいい事にパニックになった信者の一人が〝地震だ！〟って叫びましたからね」

「それが引き金になったように、みんなも地震だと思いこんで」

「本当は笹本先生と粟津原先生が〝地震だ！〟って叫ぶ予定だったんです」

「そうなんですか。でもその必要もなかったんですね」

「ええ。それと裕さんが席を離れて会場の照明のスイッチを切ったことも出席者たちの不安を煽ったと思います」

「裕さんだったんですね」

「僕はタイミングを見計らって本堂脇のアップダウンのある道を車で飛ばしました。あの辺は登りの箇所でジャンプして下りの箇所に着地したときに大きな音と振動が起きますからね。それも地震らしさを演出したと思います」

「なるほど……。でも羽田野さんは会社が大変な時で今回の一大マジックへの参加を断念するところだったたっておっしゃいましたよね」

「だからこそですよ。会社のためです。聖母大典の様子は裕さんが録画してくれてますから、それを社の名前で独占配信します。会社は持ち直して社長も喜ぶ……はずです」

「そうなるといいですね」

「ありがとうございます。僕の車の着地による〝地震らしさの演出〟がなくてもこのマジックは成功したでしょうけど……補強材料にはなったかと」

「緊急地震警報も鳴りませんでした？」

「錯覚です。村野さんが笹本教授と粟津原教授、それに裕さんのスマホに次々に電話をかけたんです。スマホの着信音を緊急地震速報の警報音に勘違いしてもらうためです。みんなパニック状態ですから、それなりの効果はあったかと。笹本先生や粟津原先生も自分の荷物を床に落として地震らしさを演出しました」

「それを見た周囲の人が慌てて、その気持ちが波状的に会場全体に広がっていった」

「そういう事です。それもあの会場で起きていた笹本先生や粟津原先生、硲さんによる異様な雰囲気があってこそだと思います」

「硲さんはそこまで計算していたんでしょうね」

「そうです。一流のマジシャンですからね」

光希は頷くと「お陰で信者たちの目が覚めました」と続けた。

「教祖を務めていた高泉劉幻も殺人を犯していたんですね」

「そうなんです」

小学校の時から虐め被害に遭っていた高泉劉幻は救いを求めて入った〈虚ろ舟〉でも教団ナンバー2の江本茂という男性に虐めを受けていた。堪えきれなくなった高泉劉幻は反撃に出て江本茂を木の棒で殴り殺してしまった。その現場を当時すでに昼間繁治と名前を変えていた新井康則に目撃されてしまった。

「新井はそれをチャンスと捉えたんです」

新井は殺された江本茂の遺体を高泉劉幻と共同で山奥に埋めた。そしてこの機に〈虚ろ舟〉の教祖である安島七恵までも殺害し教団を乗っ取った。

「その時に教団名を〈新しい神のルール〉に変えて教祖に高泉劉幻を据えたんですね」

「そうです。窃盗の過去があり一応、マジシャンとして顔を知られる立場にいた新井は表に出るわけにはいきませんから」

「殺人を見逃してもらった高泉は逆らうわけにはいかなかったんですね」

「二人は運命共同体ですよ。新井は高泉にマジックの奥義《おうぎ》を伝授して高泉は〝奇跡〟を演じ続けたんです」

「その〝奇跡〟を裕さんは村野好美さんを使って破った」

「ですね。一世一代のスペシャルマジックを成功させたんです」

「でも」

　光希が僅かに眉間に皺を寄せる。

「青木冴子は悩んでいたんですね」

　青木冴子は聖母大典前に教団の欺瞞に気がついた。そして悩んだ挙げ句、死を選ぼうとした……。

「青木さんが無事で良かったですけど」

　聖母大典が行われる日、青木冴子は電車に飛びこんで自殺を図ろうとした。その電車は聖母大典に向かう信者たちや裕京太郎、笹本尚幸、粟津原高史らが乗った電車だった。

青木冴子は偶然に通りがかった車谷厚志という会社員に助けられ掠《かす》り傷《きず》程度で済んだ。

「聖母大典に向かう硲さんたちは青木さんの飛びこみで電車が停まってしまってタクシーを使って会場に行ったんですよ」

「でも間に合って良かった……んですよね」

光希は自分に言い聞かせるように言う。

「もちろんです。そのお陰で村野あすかさんの目が覚めて脱会できたんですから」

「あすかさんをおかあさんの元にお返しできたのは本当によかったと思っています。でも、わたしはファザーの教えが間違っているとは思えないんです」

「え？」

「もちろん昼間がインチキをしていた事、犯罪を犯していた事は今では判っています」

昼間繁治……新井康則は殺人教唆および本堂内の修行時における麻薬使用の罪で逮捕された。連鎖して高泉劉幻、近壮太郎と蓼科一花も逮捕された。有罪が確定すれば〈新しい神のルール〉は強制解散させられるだろう。

「聖母大典を通じて多くの信者たちも昼間のインチキに気づきました。村野さんや硲さんを始め気づかせてくれたみなさんには感謝しています。でも〝親子の縁を切れ〟という昼間の教えに救われる人もいると思うんです」

「何を言ってるんですか。その教えは昼間がテキトーにでっちあげた教義ですよ」

「たとえそうでも昼間が偶然、真実を言い当ててしまう事もあると思うんです。見当外れの考えかたかもしれません。でも〈ＮＲＧ〉の信者たちは行き場をなくしています」

「〈ＮＲＧ〉は解散するでしょうからね」

「ええ。みんな悩みを抱えて入信した人たちです。多くは親子関係の悩みを抱えていました。その人たちは拠だった〈ＮＲＧ〉が消滅……それもインチキだったと判って途方に暮れています。村野あすかさんのように宗教を離れる人もいるでしょうけど新しい拠を他の宗教に求める人も大勢いると思うんです」

「それは……菊原さんもそうなんですか？　菊原さんにも新しい宗教が必要なんですか？」

「はい。それに青木さん……。青木さんを救いたいんです。それで……。わたし自身が〈ＮＲＧ〉の親子関係に関する考えかたを土台にした新しい教団を作ろうと思うんです」

「だけど」

「もちろん違法行為などする気はありません。昼間のように嘘偽りの霊能力なども謳いません。お金も必要以上に徴収するつもりもありません。〈ＮＲＧ〉とも、まったく無関係の教団を作りたいんです」

「菊原さんが教祖になると？」

「その覚悟はできているつもりです」

羽田野は溜息をついた。

「すみません」

「謝る事はありませんよ。〈NRG〉と無関係なら、それはもう菊原さんの自由です。でもその事は村野さん母子には菊原さんから直接伝えた方がいいかもしれませんね」

「そうします」

光希の顔には迷いはなかった。

「新井康則はどうして偽名を使う時に昼間という姓を選んだのでしょうか？」

「昼間は新井康則の母親の旧姓です」

「そうだったんですか」

「母親は認知症が進行していて息子が逮捕されたことも判らないでしょう」

羽田野の言葉に頷くと光希は紅茶を飲みほした。

*

好美とあすかは渋谷プリンセスホテル六十五階のレストランでディナーを味わっていた。

テーブルにはもう一人、車谷厚志が坐っている。

車谷はスーツ姿。好美はノースリーブの黒のドレス。あすかは、やはりノースリーブのワインレッドのトップスとピンクグレーのフレアスカートに身を包んでいる。

「あの、母子水入らずで僕はちょっとお邪魔だったかなと思ってるんですけど」

「そんな事ないわ」

あすかが否定した。

「だって車谷さんがここに招待してくれたんでしょう？」

「硲京太郎のディナーショーがあるって気づいて、それで村野さんとあすかちゃんを誘ってみようかと。あすかちゃんは、いろいろ大変だったから気分転換が必要かなって」

「硲さんのショーじゃ気分転換にならないかな、思いだしちゃって」

「あ」

「冗談よ。車谷君の好意には感謝してるわ。ありがとう」

「そんな」

車谷が慌てて右手を左右に振る。

「車谷君は青木さんを救ったり大活躍だったわね」

「いえ村野さんのためにと思って」

「わたしこそお邪魔しちゃったみたい」

そう言うとあすかは小さく肩を竦めた。

「そんな事ないよ」

車谷は咳払《せきばら》いをする。

「大変だったから……。その……今までも。母一人子一人で」

「あすかだって幼い頃から父親がいなかったんだもんね」

「その事ですが」

車谷が居住まいを正す。

「あすかちゃんには新しいお父さんが必要なんじゃないかな」

「そんな事ないよ。今さら新しいお父さんなんていらない」

「そうよね。あたしだって今は再婚なんて考えられない」

「そうですか」

「それよりショーが始まるわよ」

室内の照明が落とされた。正面に設置された舞台にスポットライトが当たり真っ白な燕《えん》尾服《びふく》を身に纏《まと》った硲京太郎が現れる。

好美は拍手をした。好美の拍手に促されるように拍手が広がる。

「ようこそ硲京太郎の世界へ。今夜もみなさんに奇跡をお見せします」

拍手はさらに大きくなる。

「奇跡は誰にでも起こせるんですよ。本気で起こそうと思えばね」

京太郎が好美に向かって笑みを投げた。
好美は満足感と共に小さく頷いた。

〜終わり〜

《主な参考文献》

＊本書の内容を予見させる恐れがありますので本文読了後にご確認ください。

『日本の10大新宗教』島田裕巳（幻冬舎新書）
『宗教の秘密』苫米地英人（ＰＨＰ）
『「カルト宗教」取材したらこうだった』藤倉善郎（宝島社新書）
『カルトからの脱会と回復のための手引き』日本脱カルト協会 編（遠見書房）
『カルト宗教信じてました。』たもさん（彩図社）
『不思議現象の正体《トリック》を見破る』安斎育郎（ＫＡＷＡＤＥ夢新書）
『マジックは科学』中村弘（講談社ブルーバックス）
『トリックの教科書』ゆうむはじめ（データハウス）
『メンタリズムの罠』ダレン・ブラウン（扶桑社）

＊物語終盤で行われた心理リーディングは『メンタリズムの罠』で紹介されている〝フォーラーの実験〟を参考にしています。

＊その他の書籍、および新聞、インターネット上の記事など多数参考にさせていただきました。執筆されたかたがたにお礼申しあげます。ありがとうございました。

＊この作品は架空の物語です。作中に登場する人物名・団体名は実在するものとは一切関係ありません。

著者

本書は書き下ろしです。

中公文庫

カルトからの大脱出《だいだっしゅつ》

2022年12月25日　初版発行

著　者　鯨《くじら》 統《とう》 一《いち》 郎《ろう》

発行者　安部 順一

発行所　中央公論新社
〒100-8152　東京都千代田区大手町1-7-1
電話　販売 03-5299-1730　編集 03-5299-1890
URL https://www.chuko.co.jp/

DTP　ハンズ・ミケ
印　刷　三晃印刷
製　本　小泉製本

Published by CHUOKORON-SHINSHA, INC.
Printed in Japan　ISBN978-4-12-207294-7 C1193